Rendez-vous
sur la terre

Librement inspirée d'un fait divers authentique de la fin du siècle dernier, cette histoire nous conte les dérèglements et les passions de deux frères et d'une sœur. Le cadet du trio, Arthur Fontaubert, a connu huit années de solitude absolue parmi les forêts du Quercy, pendant que Céline est à la poursuite de Janvier parti chercher l'or au Brésil.

Un jour, à l'improviste, Céline revient. Mais pourquoi seule ? Et pourquoi la jeune femme se laisse-t-elle enfermer dès le premier soir, sans l'ombre d'une protestation, dans un pigeonnier dont Arthur s'empresse de perdre la clé au fond des remous de la Dordogne ?

Commence alors un cycle de catastrophes, dont la violence et la muette beauté transportent cette chronique réelle vers l'horizon des mythes. Car en dépit de quelques crimes (deux ou peut-être quatre ?), c'est la vie qui triomphe ici dans tout l'éclat de sa sensualité et, sur des faits qui auraient pu fournir seulement la trame d'une intrigue policière, Bertrand Visage compose un hymne baroque à la nature, un chant d'amour aux arbres et aux bêtes.

Bertrand Visage est né en 1952. Ayant choisi depuis 1981 de vivre en Italie et d'en faire un de ses thèmes de prédilection, il a travaillé dans différentes villes du Mezzogiorno (Palerme, Catane, Naples) avant de se fixer à Rome.

Tous les soleils *a obtenu le prix Femina 1984.* Rendez-vous sur la terre *(1989) est son cinquième roman.*

Du même auteur

AUX MÊMES ÉDITIONS

Théâtre aux poupées rouges
roman, 1975

Au pays du nain
roman, 1977

Tous les soleils
roman, 1984
prix Femina
coll. « Points Roman », n° 228

Angelica
roman, 1988
prix Albert Camus
coll. « Points Roman », n° 369

AUX ÉDITIONS HACHETTE

Cherchez le monstre
essai, 1978
coll. « POL »

Bertrand Visage

Rendez-vous
sur la terre

roman

Éditions du Seuil

TEXTE INTÉGRAL

EN COUVERTURE :
Photo Dennis Stock, Magnum

ISBN 2-02-013201-X
(ISBN 2-02-010878-X, 1re publication)

© Septembre 1989, Éditions du Seuil

Dix heures du matin
en été

1

Un jour de septembre, à travers les orages, une voiture aussi luisante que la route filait, filait... Talus spongieux, nuées couleur de plomb, meules de paille d'un jaune soufre exalté. Transpiration, chimères... Empêcher l'enfant de transpirer dans son sommeil aurait été comme l'empêcher de sentir bon : il suait et sentait bon dès qu'il fermait les yeux. Coincé entre les malles de la banquette arrière, accablé et brûlant, un suc figé sur la pointe des cils, il avait bien tenté de s'intéresser au déroulement ininterrompu du paysage, mais les coussins de cuir l'assommaient comme un Valium, et les rafales de grêlons, les brusques éclaircies, les arcs-en-ciel cobalt, les étangs verdis de vase, les viaducs, les tunnels, les viaducs...

Où allaient-ils? Vers une villégiature prometteuse, pensait l'homme au volant. Vers l'ennui effrayant de la vie de campagne, pensait la femme à ses côtés. Ou plutôt vers nulle part. Vers le néant ouaté, la terre mouillée, les limbes indolores, pensait l'enfant en sueur. Et la voiture filait, filait...

Pourtant, neuf heures après avoir fermé le gaz ave-

nue Junot, quelque chose les avertit qu'ils touchaient
au but. Même la voix de Nicole avait changé de timbre;
la mélopée trop basse, de citadine et de fumeuse incor-
rigible, s'était muée maintenant en un déraillement
plus sourd encore, saturé de questions affolées auxquelles l'homme ne répondait que par haussements
d'épaules... Mais que se passait-il, soudain? On aurait
dit que, de l'usure et de la répétition du voyage, éclo-
sait tout d'un coup une merveille étrange. Comme si la
route elle-même, ou plutôt le fin fond de l'espace,
accouchait d'une musique.

Il y eut d'abord ceci : à quatre pattes sur la banquette, l'enfant pleinement réveillé appuyait son doigt
en différents points du carreau, désignant çà et là des
stries, des hachures, des flocons ou des ombres. Il était
cinq heures du soir : à l'avant de la Panhard, Nicole et
Cyprien venaient de faire la même constatation.

Tandis qu'ils s'engageaient au ralenti dans la traversée d'un pont enjambant la Dordogne, le poudroiement
diaphane issu du fond de l'azur se transforma en tour-
billon, devint une authentique et surprenante tempête.
Cyprien mit en marche les essuie-glaces, sans succès;
la visibilité avait le temps de s'obscurcir entre deux va-
et-vient des patins de caoutchouc. Il essaya de freiner :
les tambours ne répondaient plus. Il alluma ses phares,
et les milliers, myriades de particules furent happées à
la rencontre des globes lumineux, comme dans un
entonnoir.

C'étaient des éphémères, ces libellules d'un jour qui
naissent et meurent à l'unisson, dans la canicule finis-
sante, sur le bord des cours d'eau. On appelait cela, ici,

« la manne », et le phénomène coïncidait toujours plus ou moins avec la fête votive de Creysse, quand il y a des chants, des verres remplis et des lampions qui se balancent sur la rivière.

Le moteur de l'auto ayant fini par s'étouffer, ils ouvrirent les portières et descendirent sur le pont. Les libellules continuaient de tomber, emplissaient leurs poches, pénétraient leurs narines, se déchiraient les ailes à leurs cheveux. Impossible de s'y soustraire. Il fallait en être, il fallait entrer dans cette sorte de décongestion atmosphérique, et tous les trois se tenaient là, chacun réagissant à sa manière, le petit, Cyprien et Nicole. Le petit ouvrait ses poings au vol, puis contemplait chaque récolte au creux de la paume avec un air de tranquille extase. Le père brossait la grille du radiateur, disant qu'il n'avait jamais vu ça, mais le disant plutôt gaiement. Nicole enfin protégeait son cou, éternuait, cherchait à se défaire de l'invasion proliférante, comme une personne infiniment mal à son aise.

Ils remontèrent dans la voiture. Autour de leurs semelles, les corpuscules formaient une couche de plusieurs centimètres d'épaisseur, blanc tapis d'agonie qui exhalait une curieuse odeur de poisson.

2

Il est encore trop tôt, ou peut-être trop tard, pour affirmer sans erreur à quoi pouvait bien ressembler le pays des libellules mortes où Cyprien Donge emmenait avec une telle impatience sa femme et son fils passer huit jours. La nuit s'acharne à taire toute description : la grande nuit de Montcigoux, qui les avait enveloppés avec une brusquerie saisissante dès que l'auto s'était mise à gravir le renfoncement du cirque. Derrière eux : les champs de tournesols, nichés en creux, encore illuminés d'une clarté oblique. Et devant ? Devant, il y avait seulement la queue rousse d'un renard traversant les taillis, les états dépressifs de Nicole au seuil du crépuscule, et cette nappe d'épaisseur silencieuse, sans cinémas, sans téléphone et sans amis, pour laquelle elle se sentait si peu faite.

Ils venaient juste d'arriver : les oreilles bourdonnantes du voyage, la fatigue dans les reins. A travers la cuisine aux proportions grandioses et qui sentait l'humidité, les corps maladroits se sont plusieurs fois butés et ont demandé pardon, pendant que le bout des doigts palpait les murs à la recherche de la bosse rassurante d'un interrupteur.

Le dîner se résuma en un face-à-face courtois, arrosé à l'eau plate, sur des assiettes qui faisaient mal aux yeux, avec du cassoulet en boîte et des terrines trouvées dans les placards. Émues et mouvementées par le faisceau de l'abat-jour à crémaillère, leurs ombres concurrentes se promenaient sous les plafonds chaque fois que lui, ou elle, entreprenait un déplacement jusqu'à l'évier.

A neuf heures un quart ils montaient se coucher ; et, comme si l'on n'attendait qu'eux pour le début de la représentation, c'est à ce moment-là que les bruits commencèrent.

Les plus inévitables, d'abord : les cavalcades nocturnes au-dessus de leurs crânes, les frénétiques piétinements d'ongles aigus lancés dans une course-poursuite sur les lattes du grenier... Puis, quelque part dans une niche du mur, des piaillements d'oisillon... Puis encore, sur la table de chevet, une vibration tournante et monocorde, comme s'il y avait une mouche en train de se noyer, les pattes en l'air, dans un reste de vin oublié... Et aussitôt après, ou en même temps, une longue succion liquide, impossible à définir... La nuit était opaque. La nuit et cette succion. Elle supposa quand même (il fallait bien supposer quelque chose) que ce pouvait être une salamandre morte sous les gouttières, dont le corps flasque formait ventouse au passage de l'eau...

Était-ce tout ? Non : des rires également. Avides, faméliques, ou au contraire légers et frais comme des grelots... Gloussements sous cape, rires d'armoire condamnée, d'internat de collège, qui se transformèrent soudain en une espèce de sifflerie baveuse et véhémente, comme si...

Nicole pinçait de toutes ses forces le dos de la main de son homme. « Entends-tu ? Entends-tu ? » Mais il ronflait comme le premier des bienheureux. Alors elle se leva, pieds nus, se préparant à écraser à tout moment un rat sous ses orteils rigidifiés, elle vola dans la chambrette contiguë à la leur, ramassa pêle-mêle l'enfant avec les couvertures où il s'était entortillé, revint le déposer entre eux, engouffra ses narines dans les plis bien-aimés de son cou, dont le tendre parfum de sueur et de vanille lui rendit le courage d'espérer que les bêtes, à présent, n'oseraient plus.

Vaine illusion... Protégée sous le doux bouclier de la chair enfantine et se croyant déjà indemne, une nouvelle rafale de rires la tétanisa jusqu'aux chevilles.

Mais, comme elle s'enfonçait encore un peu plus à l'abri, voilà bientôt qu'une autre horrible fantaisie attira son attention. C'étaient les râlements rythmés et répétés d'une femme en couches, et cette plainte lui apparut de toutes la plus intolérable, car il lui semblait reconnaître les propres cris qu'elle avait poussés vingt-quatre mois plus tôt en dilatant ses entrailles au passage du petit... La femme dans le placard se lamentait si fort, que ni les loirs roulant des noix, ni les nœuds de serpents irrités, ni même la mouche tournoyante n'osaient plus courir, siffler, agoniser.

Vaincue de fatigue, enfin, elle s'était endormie. Mais elle remarqua encore dans un dernier trouble que les ectoplasmes hideux s'étaient tus, ou plutôt qu'ils cédaient le champ à des bruits plus ténus, quelque chose comme un unanime cliquetis de travaux d'aiguilles se fondant à son tour dans le pépiement des oiseaux du matin.

Le petit s'éveilla le premier, et réveilla son père qui réveilla Nicole. Le zigzag obstiné d'une guêpe prisonnière signalait déjà la journée avancée. Cyprien repoussa de l'épaule les volets, et d'un seul coup il y eut cette lumière... Lumière verte, lumière blonde, acide et vigoureuse, éclaboussement, effervescence... Un intrépide et puissant fleuve de lumière verte dont les deux bras se divisaient pour pénétrer en bouillonnant à travers l'orifice des grands yeux étonnés de l'enfant.

Celui-ci éternua par trois fois.

Cyprien Donge, quant à lui, s'étant débarbouillé l'esprit une minute au panorama, s'étant félicité et promis de se congratuler encore chacun des jours suivants pour ce coin de Quercy dont il n'avait même pas l'usage, cette luxueuse lubie qui ne plaisait qu'à lui – ayant donc contemplé tour à tour les maçonneries trapues de la chapelle, le pigeonnier, les tuiles rouges, les arbres (et quels arbres : une armada de têtes chenues dévalant d'une seule traite le cirque de Montcigoux puis se reculant, s'écartant *in extremis* pour accueillir, dans une éclaircie de leur feuillaison, le domaine tout entier d'où l'on pouvait voir, ce matin-là, jusqu'au lointain rosissement brumeux des falaises de Gluges...) –, Cyprien, le corps en repos et les yeux satisfaits, descendit à la cuisine préparer le café.

Il n'avait pas atteint la dernière marche, qu'il entendit Nicole l'appeler d'une voix rauque. Il fit demi-tour ; elle était devant la fenêtre, un dernier lambeau de son cri suspendu à ses lèvres en ovale.

Là-bas, dans la prairie auprès du pigeonnier, un homme la regardait en souriant, et elle tenait absolument à savoir qui cela pouvait être. Cyprien se pencha à son tour.

Une figure voûtée, barbue, souriant de toutes ses gencives, plantée là, les yeux levés vers eux, et qui souriait, souriait dans son poil noir. Un pauvre diable en vérité. Sauf que Nicole se rappelait très précisément une chose : la veille au soir, au moment de clore les volets du pignon, comme elle observait la circonférence du disque solaire qui s'abîmait derrière les ramures, *à la même place*, à l'extrémité du pré où l'astre déclinant allait finir par s'enterrer, elle avait remarqué déjà cette même physionomie de pirate barbu, nanti du même sourire, qui contournait le pigeonnier, non sans lancer par-dessus l'épaule un long regard en direction de la maison et de leur fenêtre éclairée.

Cyprien expliqua que ce protagoniste rudimentaire n'était autre que leur voisin. Un garçon seul, précisat-il, un brave type. Son sourire ? Il n'avait peut-être jamais vu une femme en chemise de nuit.

Les heures passèrent. Nicole mit du fond de teint mais demeura si blême malgré tout que même le petit put remarquer un reste de naufrage dans le profond de ses iris. Elle ne fit rien de ce que la matinée lui promettait : elle ne descendit pas au potager goûter les groseilles à maquereau, à l'abreuvoir tremper ses mains dans l'eau moussue et regarder béer les carpes ; mais elle passa dans la cuisine, prit un café sucré d'une pastille hypocalorique, une cigarette dont elle ôta l'embout, puis retourna aux chambres de l'étage y fermer de nouveau les valises, certaine d'être incapable de survivre à une seconde nuit infestée d'animaux.

Pendant ce temps, le père et le fils accomplissaient leur toute première promenade ensemble, la main de l'un fraternellement enveloppée dans celle de l'autre. Ils cheminaient dans les senteurs de la luzerne, et l'air leur sembla bon comme les prémisses d'un miracle.

Le grand montrait du doigt chaque arbre vert, les désignait par une appellation incontestable ; le petit regardait sans comprendre cet amalgame vert vif ou ténébreux qui cliquetait, oscillait et tremblait d'un mouvement diffus, captivant, puis lassant à la fin. Exception faite, toutefois, pour le tulipier de Virginie, que l'enfant distingua facilement parce que celui-ci se trouvait isolé au coin d'une pâture, que l'on passa dessous, et qu'il s'ornait de larges fleurs jaunes dont une que son père lui cueillit, avec, en son cœur nacré, une bête à bon dieu qui courait.

Remontant de ce pas vers la ferme et longeant le séchoir à tabac, ils tombèrent pile sur le barbu solitaire, souriant à pleines babines au milieu du chemin. Cyprien paraissait le connaître ; il y eut des amabilités échangées, des considérations climatiques, une poignée de main au commencement et une autre à la fin. On évoqua aussi la manne des libellules sur le pont de Meyronne. Mais le petit se fatiguait et il fallait rentrer.

Avec la gravité hautaine et inhumaine qui donne aux expressions d'enfants leur angélisme animal, il resta morne jusqu'au retour, puis, quand il aperçut Nicole sur le perron, ne se tenant plus de joie, il lui communiqua sans tarder l'heureuse nouvelle de la rencontre qu'ils venaient de faire.

– Rencontré qui? sursauta-t-elle.

– Toujours le même : ton prétendant.

Indifférente à la moquerie, elle l'informa alors de sa décision de s'en aller sur-le-champ, mais en regrettant de mettre dans ces mots une vivacité extraordinaire qui enflammait ses joues. Cyprien changea net d'expression. Il répondit que c'était bien, et qu'il les reconduirait quand elle voudrait à la gare de Souillac. Aucune autre parole ne fut échangée, et chacun en souffrit sans le dire. Après quoi, ils consultèrent ensemble l'indicateur des chemins de fer, et s'aperçurent que le Capitole ne passait pas avant dix-sept heures, ce qui les soulagea un peu.

3

Une fois acceptée l'idée d'un sursis jusqu'à dix-sept
heures, l'avenir immédiat se montra léger et facile,
parsemé de plaisirs d'autant plus avantageux qu'elle
les savait provisoires. Il faisait chaud, mais bon. La
chienne du voisin dormait, plus plate qu'un tapis,
l'après-midi bombait le torse sans exagération, et, très
haut dans le ciel, un avion argenté se traînassait à la
vitesse de l'escargot, déposant derrière lui un sillage de
bave blanche.

Rester? Pourquoi pas. Renverser les épaules sur le
gazon, compter dans l'azur les gros œufs nébuleux que
pondait l'avion au bout de sa queue, cette envie ne dut
pas manquer de l'effleurer : elle la chassa pourtant, et
ils partirent à la gare.

Comme ne dut pas manquer à Cyprien la tentation
de lui crier (mais il était trop tard, lui sur le quai, elle
dans la rame) – de lui crier en haletant : « Il y aurait
une solution toute simple... » Elle n'entendit même pas
quelle était cette solution toute simple à laquelle il
n'avait jamais songé auparavant, deux minutes d'arrêt,
et ses bracelets cliquetants à elle et le poignet dodu de

leur petit dessinant en chœur des au revoir gracieux par la glissière des vitres. Tandis que déjà le long train rouge et gris disparaissait dans le vacarme des boggies, il continua de murmurer « ... une solution si simple, tu rentrerais seule à Paris, quatre ou cinq jours de repos. L'enfant serait ici, n'est-il pas bien ici?... » (tout en étant conscient que, si ces derniers mots avaient pu l'atteindre, cela n'eût fait que la persuader davantage de la nécessité de s'enfuir).

Sur le chemin du retour, il était si étourdi qu'il faillit se jeter au fossé. Levant son regard vers les hautes archées du viaduc de Souillac, et le cœur battant comme sur le point de se rompre, il se fit la promesse de ramener un jour Nicole avec son fils dans la maison du Lot.

Alors commença pour lui un temps d'apprentissage, une autre vie, plus calme, une sorte de studieuse conquête. Voulue ou non, désirée ou forcée, la solitude célibataire le rendait entièrement disponible, et ce qui, autrement, aurait menacé de lui filer entre les doigts, ne fit au contraire que s'épaissir, s'alourdir et s'enrichir, un séjour après l'autre. Il approchait de quelque chose qui n'avait encore ni nom ni figure, une aura de mystère et de suppositions, avec en son milieu un noyau dur et rétracté, dont il avait soupçonné l'existence depuis les premiers temps.

Le périmètre de l'approche était cette cour rectangulaire, herbue, ensoleillée, où les hirondelles piailleuses incurvaient leur vol au ras des tiges en gobant les moucherons. La maison de Cyprien occupait une largeur de la cour. Le voisin tout sourire tenait l'autre bord et s'adossait à la forêt.

Au centre de la cour était l'ombrage du marronnier d'Inde, qui lui-même abritait deux choses : la statue d'un négrillon en bronze au mouvement déhanché, au bras droit levé en l'air et mutilé, et une grosse pierre grise de relief inégal, dans un trou de laquelle (il s'en aperçut vite) le voisin dissimulait son verre à vin.

La première attention de sa part consista donc, simplement, à faire le plein du verre quand il était sec. Deux ou trois fois dans la journée Cyprien répéta sa manœuvre, alimentant ce gobelet douteux au moyen d'une franche rasade de rouge ordinaire au meilleur prix, qui se trouvait généralement éclusée dans l'heure suivante (bien que toujours hors de sa vue). C'était un bon commencement, et cela lui donna d'emblée une sorte de frisson spécial.

Mais il ne cherchait pas à précipiter l'avalanche. Ils vaquaient à leurs existences tous les deux, lui d'un côté de la cour, l'autre du sien.

Une partie de son temps, Cyprien Donge l'employa à faire de longues virées avec la Panhard au travers du causse de Gramat et du causse de Martel, posant un œil comparatif sur tout ce qui, dans les constructions particulières des hommes, le réjouissait ou l'intriguait. Il remarqua fatalement d'élégantes tourelles qui se dressaient loin des maisons, perdues dans l'isolement d'une étendue sans vie, et dont la présence changeante et répétée rythmait le paysage. Comme des dominos auxquels les fées auraient joué, et qui les auraient ensuite oubliés là, négligemment. On pouvait fort bien n'y voir qu'une touche pittoresque, mais, à lui, les très curieux et très troublants pigeonniers quercynois posaient de graves questions.

Ils étaient pour la plupart en excellent état de conservation, ce qui serait allé de soi si l'on avait réfléchi en termes utilitaires, sauf que, précisément, les pigeonniers étaient inhabités à tout jamais, ne servaient plus à rien. Si bien que cet aspect trop net et trop pimpant suggérait l'idée d'autre chose – qu'ils étaient l'objet d'un culte, peut-être, ou de faveurs particulières.

Il constata aussi que leur architecture pouvait varier à l'infini : tours carrées ou tours rondes, de plain-pied sur le sol ou rehaussés par quatre pilotis qui leur faisaient comme des échasses, coiffés de tuiles brunes-rousses ou de lauze, respirant extérieurement la lumière, mais certainement très obscurs à l'intérieur, percés d'ouvertures si chétives qu'elles s'apparentaient plutôt à des meurtrières, aux alvéoles d'une ruche.

Et de ces trous d'envol à peine plus gros que le poignet, ne s'évadait plus que le silence. Les seuls volatiles qui s'y posaient encore étaient ceux qu'une main naïve avait peints à la file indienne, en couleurs et de profil, tout au long des quatre parois du pigeonnier blanc de Montcigoux.

Là encore, Cyprien Donge manifesta une prudence qu'il n'allait pas regretter par la suite. Rien, dans son attitude, ne laissait paraître trop ouvertement que le pigeonnier blanc lui appartenait. Certes, il lui appartenait bel et bien, de même que le pré à l'entour était à lui, de même que les taillis de chênes verts, et les plants de noyers en contrebas étaient à lui. Mais il n'avait pas manqué de remarquer que le voisin, dans ses déambulations sans fantaisie, en revenait toujours à dessiner obstinément des cercles et des huit, des cercles et des huit entre le pigeonnier et la loge au bois, qu'il s'asseyait devant, qu'il bricolait autour, qu'il urinait derrière, assidu à ce lieu comme un amoureux charmé.

Les allées et venues insistantes du voisin marquaient dans l'espace une frontière utopique que Cyprien respecta, au point de renoncer à passer la tondeuse comme ce n'était que trop nécessaire dans les herbes hautes qui assiégeaient la tour carrée. Il s'habitua à regarder de loin le pigeonnier, il fit une croix momentanée sur cette portion de son bien, tout en continuant à déverser des quarts de vin dans le gobelet violâtre et jamais rincé, sous le marronnier d'Inde. C'était comme une incantation à distance.

4

Dix heures du matin en été : assis en équilibre sur l'appui d'une des fenêtres basses, oisif comme un seigneur et chatouillé par le soleil, le ferronnier d'art en vacances Cyprien Donge observe avec rancune ce qu'une main invisible est venue déposer, dans la nuit, sur la pierre grise du marronnier. Il boit son café lentement, son café arrosé de rancune. La vérité, c'est que les hommages muets du voisin le gênent horriblement, comme toutes les marques d'amitié masculine en général, et spécialement celle-ci.

Sur la pierre grise du marronnier sont posés deux melons. Jumeaux, ovales, mûrs à en éclater. Il essaye de ne pas y songer, c'est-à-dire qu'en fait il y pense beaucoup trop, au point d'être obligé de se lever, de s'emparer des insolents légumes, et d'aller les jeter dans le recoin le plus obscur de la souillarde, avec l'absurde vivacité d'un homme qui se déleste du péché originel tout entier.

Mais la mauvaise humeur persiste, risiblement. On ne devrait jamais commencer à peindre un tableau par un jour de beau temps, se dit-il, tout en épiant de biais les couleurs équivoques sur la surface blanche, contre le tronc du marronnier : elles sont comme un chat qu'on aurait brossé dans le sens contraire du poil ; il aurait fallu des mains plus conciliantes, d'autres mains que ces mains qui sont seulement assez carrées et bêtes pour échauffer l'enclume, battre le fer... Il s'étouffe de honte en buvant son café, des conséquences aussi nombreuses qu'improbables se précipitent à son esprit, Nicole a pris un avocat, la maison du Lot est vendue, le monde entier s'esclaffe à pleines dents... Pour une touche de bleu en travers! Pour deux melons!

Il n'avait pas encore réussi à démêler quelle part tenait en lui la vanité blessée, ou l'air de la campagne, ou quelque chose de plus funeste impossible à nommer, mais il s'était rapproché très doucement de la toile et semblait même vouloir la caresser, quand il entendit grincer le gravier de la cour derrière son dos. Le voisin était là, debout, ne bronchait pas. Autour d'eux, le soleil acide infiltrait des tachetures dans le feuillage en mouvement de l'arbre, pastilles rondes, lumineuses, sautillant sur le sol, une d'entre elles atteignant la pierre grise où le verre à vin, dans son trou, scintillait comme un rubis.

Une question allait venir. Se préparait. Montait, pâteuse et lente.

— Vous serez là souvent? demanda à la fin le barbu.

Cyprien répondit qu'il viendrait quelquefois.

— L'hiver aussi?

Cyprien ne savait pas. Il demanda comment on se sentait l'hiver, ici.

— Oh, pas bien épais...

Ce peu de phrases, et l'effusion navrée qu'elles contenaient, semèrent dans les gestes du peintre un bizarre embarras, une gêne sans issue. Comme si l'immensité des eaux lacustres y passait en silence se mirer, comme si la rouille des écorces de pins maritimes pleurait dans cette voix rauque une rouge résine. Si bien que Cyprien préféra laisser la toile en plan telle qu'elle était, incapable pour le moment d'y ajouter une touche, et s'en alla le plus loin d'elle possible, après l'avoir vêtue d'un linge qui la prémunissait des insectes.

Il descendit les marches du cellier, habitude devenue contagieuse. Il renversa dans son gosier d'une seule traite la moitié de la bouteille qu'il réservait pour le voisin, puis il marcha, marcha et tituba dans l'étendue du domaine vert, avec ces douze degrés qui roucoulaient en lui comme ne roucoulait plus aucun pigeon sous les tuiles cavalières de la tour. Mais pendant qu'il marchait, les derniers mots pleins de triste éloquence qu'avait proférés le voisin continuaient en lui leur travail de sape, pas bien épais, l'hiver, pas bien épais, pas bien épais... et déjà la verdure ne lui semblait plus si éclatante, ni l'eau de la fontaine aussi moussue et désirable, avec ses carpes archivieilles aux babines rose pâle qui évoluaient, tels des Nautilus aveugles, lentement sur le fond miroitant. Les douze degrés allaient bientôt quitter son corps. La stupeur éblouie s'en irait, les choses du monde retourneraient à leur chacun pour soi.

Alors, il s'en revint d'un pas légèrement maussade vers la maison, entra et s'ébroua des particules de solitude qui commençaient à lui coller bien drôlement à l'épiderme, trouvait-il. Et il se dit qu'une bonne chose serait de terminer la toile avant le soir.

Cette fois, Cyprien Donge progressa vite, sans repentir, tandis que le soleil descendait un à un les barreaux du firmament. Les pigments à l'huile, dans la clarté oblique, prenaient une épaisseur grasse infiniment réjouissante à son œil. Il en avait presque fini, tout en ayant prévu d'être dérangé, et compté par avance le quart d'heure à déduire sur les arithmétiques astrales : ce qui ne manqua pas d'arriver.

Un crissement de gravier; le voisin était là, à nouveau. Fidèle comme une épidémie. Empêtré dans ses silences. Cela pouvait s'éterniser : sauf que cette fois, Cyprien n'avait pas une minute à perdre. Il parla donc le premier, mais à voix basse, et presque solennelle, et sans se retourner, comme s'il s'était adressé à lui-même :

— J'ai remarqué, dit-il, en bas du pré qui va sur le Loudour, un bien curieux arbuste. Je n'en ai jamais vu de semblable, et j'ignore à quelle espèce il peut appartenir. Ses feuilles ont quelque chose de spécial, qu'on ne comprend pas bien de prime abord. Leur forme évoque celle d'un éventail déplié, et, avec un peu plus d'attention, on s'aperçoit qu'elles sont dépourvues de nervures. Un étrange petit arbre, oui... Quelqu'un doit en avoir grand soin, car il est entouré convenablement d'un grillage jusqu'à la hauteur où peut monter le cou des vaches.

– ... *iko ...iba.*

– Pardon?

– *Ginkgo biloba.*

Les syllabes japonisantes surprenaient un peu dans la bouche du barbu.

– C'est Chavès qui l'a planté.

Cyprien répondit poliment qu'il ne connaissait pas Chavès.

– Oh vous le connaîtrez jamais! Pour ça, pas de danger! Dites-vous bien que le Arthur, on peut le couillonner une fois, mais pas deux! C'est entendu?

« Et puis je ne vous aime pas, vous et vos pinceaux. Bien le bonsoir!

La tempête s'était ruée de la bouche du voisin avec une brusquerie et une fureur que rien ne laissait prévoir, mais Cyprien se sentait lui-même si fort, à cet instant, qu'il continua de travailler sans défaillance après que l'autre se fut éloigné. Penché de l'avant, les esprits tendus, il œuvra jusqu'au soir. Après quoi, il rinça calmement les outils, mit du papier journal pour recouvrir quarante petits pots qu'il laissa disposés en ordre chromatique sous le marronnier, et dans lesquels étaient contenus les restes de ses échantillons liquides.

Au cours de la nuit, il eut bien le sentiment improbable que les bruits familiers de la maison avaient changé de nature; mais il ne se releva pas pour si peu, son sommeil ayant toujours été facile. C'est en ouvrant les volets de la galerie, le lendemain matin, que la vue du saccage lui sauta littéralement à la face.

Renversés comme des quilles, quelques-uns piétinés, aplatis, les pots donnaient à boire à la poussière leur précieuse mixture. Il dégringola l'escalier, s'accroupit devant sa peine, disséqua du bout des doigts l'état de la situation : d'autres godets semblaient intacts, mais leur contenu avait été redistribué, transvidé, mélangé, de manière à détruire en chacun la nuance originelle. Ouvrage où il entrait tout à la fois de la patience et de l'énervement, jeu de vandale et d'apprenti sorcier, en face duquel lui, Cyprien, le plus tranquille des hommes, se prit à balbutier en blêmissant : « Il me veut, il m'aura... »

5

Il n'avait eu d'abord qu'une seule envie, qui était d'aller retrouver l'énergumène et de lui aplatir bien proprement son poing sur la figure. Il avait filé à toutes jambes vers le haut de la cour où gîtait d'habitude son rival, connaissant par cœur ses lieux et ses manies sans joie, bien que ce fût la première fois qu'il empiétait franchement sur les limites de cette aire sacrée comprise dans un triangle entre l'étable, la tour aux pigeons et le chemin des aunes.

Le pigeonnier n'était jamais aussi vide et nu que quand un homme plein d'exécrable humeur tel que Cyprien à cet instant s'en approchait, criait des appels devant ses alvéoles sombres, et n'en voyait sortir que la tête isocèle d'un lézard. Alors, il avait marché droit sur la masure qu'occupait le voisin et, avec un bâton opportunément trouvé là, assené de vigoureuses giflées sur la porte, sur les montants de la fenêtre aveuglée par les toiles d'araignée, et pour finir sur les carreaux eux-mêmes.

Le fracas du vitrage dégringolant en miettes à l'intérieur de la maison eut pour effet de l'étourdir un peu. Simultanément, il prenait conscience du ridicule qu'il y avait à jouer les fiers-à-bras dans cette solitude matinale, pendant que l'autre persistait à faire l'inexistant.

Abattu mais pas vraiment calmé, il entendait encore sonner à ses tympans les répliques du discours de la veille, le *Je ne vous aime pas, vous et vos pinceaux*, qui le meurtrissait plus que tout le reste. Redescendant prendre la voiture, il décida qu'il pousserait une pointe jusqu'aux premiers commerces, se ravitailler en sel, en vin et en journaux, puis, après cela, sait-on jamais, Nicole au téléphone, composer les numéros dans le couloir jaune moutarde d'Henriette Dumaze où bombinaient des mouches, écouter les conseils du couple des Dumaze, boire avec eux le ratafia de pêche, réfléchir, soupirer, rentrer à Paris peut-être.

Tout en menant l'auto sur des sentiers bossus impitoyables à ses essieux, il s'interrogeait, de moins en moins tranquille. Abstraction faite du caractère plutôt spécial de l'individu, celui-ci était-il en droit d'avoir ses raisons – des raisons normales, des raisons pénétrables au commun des mortels – pour lui en vouloir personnellement? Voilà ce qu'il se demandait, et il avait la tentation d'émettre une réponse peu sincère, entre le oui et le non : mais à mesure que tous les éléments réaffleuraient dans son souvenir, le oui prenait une place grandissante, le oui sautait aux yeux comme l'évidence même.

Cyprien Donge n'aimait pas trop déterrer les images qu'il avait enfouies depuis le jour déjà lointain et pénible de la vente aux enchères.

Cette cérémonie juridico-notariale (dont il n'avait été, d'abord, qu'un des témoins distraits, puis un participant de plus en plus actif, puis enfin le vainqueur, l'involontaire héros de la journée) s'était déroulée, il ne l'oublierait pas, dans un climat de détestable frénésie, de convoitise sans pitié, de nauséeuse bousculade. La curée... Ce fut le mot et la comparaison qui lui vinrent à l'esprit, son sentiment d'alors, celui d'un homme non prévenu et étranger au lieu.

Aujourd'hui, cependant, la comparaison qu'il emploierait ne serait plus tout à fait la même. Connaissant maintenant de près l'homme à qui tous ces biens avaient un jour appartenu, il se disait qu'une vente est comme une déchirure ombilicale pour celui qui part, et qu'il y a double souffrance si, au lieu de partir vraiment, l'on reste à surnager dans la proximité de ce qu'on quitte. Car ces chênes immenses, ces tilleuls odorants, cette maison de quinze pièces, cette chapelle, ces prairies, tout, absolument tout lui avait appartenu, à l'autre. Dès lors, quelle opinion pouvait-il se faire de Cyprien, sinon le regarder comme la figure même de l'Usurpateur : celui qui vient pour jouir de ses richesses perdues, pour manger sur sa table, se rouler dans son lit, pour descendre au cellier pomper le vin rouge à ses fûts... Tout cela, tout cela qui était comme son sang et la chair vive de son corps.

Non, ça n'avait pas dû être bien drôle ni facile tous les jours, dans sa caboche d'ahuri... Restait, il est vrai, l'énigme du sourire... Mais au fait, un certain temps était passé depuis que le voisin ne souriait plus du tout : il avait cessé de montrer ses gencives exactement lorsque Nicole et le petit s'étaient en allés.

Henriette Dumaze accueillit Cyprien avec une familiarité agréable. Elle le conduisit au fond de son couloir moutarde et lui laissa l'usage privé du téléphone : ce fut une conversation heurtée, éprouvante, la ligne n'était pas bonne et grésillait, il y avait de la fâcherie dans l'air, des quiproquos et des répétitions, des toussements entre les phrases. Cyprien, n'ayant pas donné signe de vie depuis trois jours, adoptait l'attitude fautive de tous les hommes envers les femmes, lorsqu'ils multiplient les questions tout en ne racontant rien sur eux-mêmes.

Il avait une mine si clairement décomposée en raccrochant l'appareil qu'Henriette, la fine guêpe, alla quérir bien vite le ratafia de pêche, et son époux avec. Marcel Dumaze, petits yeux gris qui vous fixaient avec pénétration, n'hésitait aucunement à mettre son grain de sel dans « les histoires d'en haut », comme il disait, en partant du principe que les vivants et les morts de Montcigoux, ceux de Bouttières, ceux du Loudour, et ceux des autres hameaux avoisinants, participaient de la même cosmogonie ou confraternité dont les limites épousaient exactement celles de la commune de Creysse, et qu'à la fin des fins, toutes ces histoires plus ou moins interchangeables étaient enveloppées dans le vaste manteau de mansuétude du Temps, qui passe et qui efface.

– Le père Fontaubert, un homme très bien. Je l'ai connu. La mère, très bien aussi. Les trois enfants, c'était question de tri, et le dernier restant n'est pas encore le plus mauvais, quand on sait le prendre.

– Tu ennuies Monsieur, disait Henriette.

– J'ennuie pas, j'explique. Aurait fallu que vous voyiez l'aîné. Comme il avait poussé son premier cri juste pendant la nuit des Rois, sa mère l'avait appelé Janvier. Après çui-ci, est venue celle que nous aimions bien, la petite Céline. Elle possédait exactement ce que les deux loustics n'ont point trouvé dans leur corbeille : agréable comme tout, causante, et bien habile de ses doigts. Entre Janvier et elle, beaucoup d'entente. Sûrement beaucoup trop, vu que l'aîné ne rêvait déjà plus qu'à s'embarquer aux Amériques. Ses idées de grandeur, toujours. Ses idées d'enfant-roi. Remarquez bien que l'animal avait du flair, voilà-t-il pas que la guerre éclate et tous ceux de sa classe ont été bons pour le casse-pipe. Lui, non. Aux Amériques, il s'en allait chercher de l'or. C'est ce qui a couru, officiellement. Mais pendant ce temps-là, notre petite Céline, restée toute seule avec l'Arthur, je peux vous dire qu'elle devenait bien lamentable et bien peineuse à voir. Les médecins ont appelé ça le mal à Nord-Mexique.

– Anorexique, Marcel.

– Bref, elle ne mangeait plus rien et elle perdait le nord. Avec un chocolat son souper était fait. Et malgré ça, toujours aussi gracieuse à vous tourner la tête, adroite, excellente cuisinière... Faut vous représenter ce que c'était que de nourrir vingt gars en saison de batterie ; le vendredi : carpes de la fontaine, avec les herbes, les condiments, une perfection. A propos, il en reste peut-être quelques-unes ?

– Il en reste, il en reste.

– Ah mais faudra qu'on y regoûte ! Si je peux m'aviser d'un conseil : bien les faire dégorger dans l'eau douce vingt-quatre heures, sans quoi, cela vous sent la vase que c'est terrible.

Il n'y avait plus rien d'utile à tirer de Marcel quand il partait sur le chapitre culinaire. Et pendant que Cyprien prenait congé d'Henriette avec les remerciements d'usage, sur le perron, il renouvelait ses prescriptions :

– Bien dégorger! Vingt-quatre heures! Dans l'eau douce!

Le soir même, Cyprien entreprit subitement de charger la voiture pour rentrer sur Paris. Il ajusta les lourdes barres transversales derrière les volets, purgea la pompe à eau, coupa les compteurs, accomplit un ultime tour de ronde et démarra au crépuscule par le chemin des aunes, sans avoir revu le voisin.

Rouler... Rouler toute la nuit, rouler sans fin ni trêve dans l'enfilade des lampadaires orangés. Boire du café en thermos, manger des pommes et des biscuits secs. Apprécier la saveur inutile de ce défi d'adolescent, l'urgence dénuée de hâte, la simplicité machinique... Un seul arrêt, passé Bellac, pour accomplir quelques longues enjambées dans l'élastique tiédeur et dans cet orange fluorescent qui rendait orange à son tour le pantalon blanc qu'il portait... Repartir et rouler à nouveau en droite ligne, sentir ses mains sur le volant qui n'étaient déjà plus si tendres qu'à l'aller, et ses épaules qui, dans la nuit, cuisaient à petit feu sous la chemise, ayant gardé le souvenir du grand soleil de Montcigoux.

A l'heure du laitier, il entrait dans Paris par la porte
d'Orléans. Il éteignit alors le cadran vert de la radio qui
avait veillé sur lui de bout en bout comme une sage
icône. Il n'aurait pas aimé revenir à la civilisation en
plein milieu d'une journée déjà entamée, parmi des
gens occupés de mobiles qui n'étaient pas les siens.

Rouler, rouler encore au long des boulevards
inertes. Boire une eau minérale dans la première bras-
serie ouverte, hésiter un moment entre lenteur et impatience, et choisir somme toute la lenteur.

Ici et là, par les rues vides des beaux quartiers, il
croiserait plusieurs ouvrages sortis de ses enclumes :
portails de banques, d'hôtels particuliers, grilles for-
gées, empreintes de feu sans signature et refroidies,
posées au point du jour entre les toits bleu-gris de la
capitale.

Monter à pied les six étages du meublé. Perdre du
temps, ce qui revenait à en gagner. Étirer en longueur
l'inconciliable transition entre un espace et l'autre,
entre tel bruit lointain et mystérieux qui l'obsédait
encore, le radotage d'un freux sur les basses branches
du peuplier noir, le crincrin des grillons, le ruisselle-
ment de la gouttière, et puis l'appartement feutré et
confortable, et Nicole endormie qui ne l'attendait pas...
Il se disait alors : je suis si peu fatigué que je referais
bien immédiatement le voyage inverse, mais cette affir-
mation inconséquente masquait seulement la plainte de
son corps à bout de lassitude, l'impossible désir, le
regret épuisé de ne pouvoir coucher sa joue sur l'herbe
de là-bas...

Il ajoutait, en le croyant vraiment : ce sera une

affaire vite réglée, je repars dans deux semaines... Et, bien entendu, la vie qui n'est jamais qu'un tissu de négligences s'arrangea de son mieux pour l'empêcher de repartir avant longtemps. Bien entendu, la destinée qui prend fort mal son métier au sérieux lui ligota les membres et lui coupa avec le plus grand soin tous ses élans.

Il travailla, abondamment. Travailla trop, jusqu'à plus soif. La Toussaint arriva, qu'il n'avait pas levé le nez par la verrière de l'atelier, pas vu passer un nuage, un chien, un orchestre de rue, pas donné l'aumône une seule fois à une pauvre gitane, ni remarqué de quelle couleur sont les cheveux des gens en cet automne.

De temps à autre, il suspendait le geste de l'arc à souder, et trois prénoms venaient tinter aux portes de sa mémoire. Janvier, Céline, Arthur. Aucun de ces prénoms n'osait se hasarder jusqu'à franchir ses lèvres ; à personne il n'en parlait, mais tous les trois dansaient au fond de lui, formant comme une ronde enfantine et capricieuse.

Janvier, Céline, Arthur. Il pouvait bien les assembler et les désassembler, faire et défaire ce chapelet, seul le dernier des trois possédait un visage. La seconde, la jeune fille, qu'était-elle ? Pas même une photo ovale, cerclée d'or, nimbe de compassion émue qui scintillerait sur une tombe... Et l'aîné du trio ? Qu'en était-il de cette réputation d'aventurier, de déserteur ?

Finalement, un jour pluvieux et froid de la mi-novembre, Cyprien Donge reprit la route du Midi.

Comme cette échappée belle avait été volée de justesse, il savait déjà qu'il devrait renoncer à peindre et que l'emploi du temps serait voué aux collages, aux ciseaux, à ces menues maquettes qui lui servaient d'hypothèses et de brouillons avant de tremper l'acier ou de battre le fer. Aussi décida-t-il qu'il voyagerait par le train, convaincu de se mettre en besogne sans tarder ; mais le wagon avait des vibrations, le dessin était tremblant, et il plaqua au bout d'une heure ses tentatives pour se rabattre sur un livre.

C'était un ouvrage sur les arbres. Un manuel pratique qui contenait la description d'une vaste quantité d'espèces et de familles, papier laqué, couleurs de qualité, gros plan sur l'intérieur des fruits ou le détail des écorces, bref, tout ce qu'on pouvait souhaiter savoir. Chacune des illustrations traînait avec elle le sillage poétique de ses beaux noms à coucher dehors, précis ou rares, il y était question du micocoulier et du chêne chevelu, de l'alisier blanc comparé à l'alisier torminal, du pin queue-de-renard et de l'aune glutineux...

Il rencontra ce qu'il cherchait aux dernières pages du livre, dans la section « Arbres d'Asie ». Sans l'ombre d'une hésitation, il reconnut les précieuses feuilles en éventail, dépourvues de nervures, tellement particulières, même pour un œil profane.

Il put lire ceci :

GINKGO BILOBA
LE SURVIVANT

Rappelez-vous le 6 août 1945 ; ce jour qui apporta la quasi-certitude d'une fin rapide de la Seconde Guerre mondiale, mais qui fut aussi le début d'une sourde inquiétude que le temps n'a fait qu'accentuer. La bombe d'Hiroshima marquait une première prise de conscience terrifiante : l'homme pouvait s'autodétruire ; la puissance de sa technicité lui donnait le « pouvoir » d'anéantir toute vie supérieure sur la planète.

La ville d'Hiroshima est maintenant reconstruite. A l'épicentre de la catastrophe, un bâtiment public, une sorte d'observatoire et ses alentours immédiats sont pourtant restés tels quels, à titre de témoignage. Bien entendu, toute flore fut anéantie au même titre que toute chair ; rien ne repoussa du sol calciné. Rien ? si, pourtant : il était un vieil arbre, un Ginkgo biloba naguère imposant et qui flamba comme fétu de paille. Or, que vit-on surgir avec incrédulité au printemps suivant ? De la souche martyrisée une timide repousse avait jailli.

Les Japonais, peut-être justement parce qu'ils sont à l'étroit dans leurs îles, ont très tôt compris que les plantes et les arbres étaient un trésor fragile et qu'il leur fallait les protéger s'ils tenaient à garder à leur pays le minimum de beauté et de poésie qui sont aussi nécessaires à l'homme que le pain et le riz. La pousse fut respectée, encouragée, soignée avec sollicitude. Quarante ans ont passé ; c'est maintenant un bel arbre, bien qu'encore jeune pour un ginkgo, qui porte l'espoir tenace du futur.

Robuste, le ginkgo n'a pas seulement résisté à la bombe d'Hiroshima. En tant que groupe botanique, il paraît véritablement défier le temps. Quelque trois millions de siècles nous séparent de ses origines : peut-être *dès le carbonifère. Un des premiers représentants connus des ginkgos proprement dits, le* Ginkgo pri-migenia, *était déjà là au permien, la dernière partie de l'ère primaire, il y a 250 millions d'années.*

Ce n'est pas tout : on s'est en effet rendu compte que, mises à part les considérations esthétiques, le ginkgo était une des meilleures essences utilisables le long des avenues et des boulevards des grandes cités. Doyen de nos arbres, absolument unique par son histoire, sa biologie, sa biochimie, il apparaît d'une résistance exceptionnelle en particulier à l'égard des pollutions urbaines et industrielles. Que ce soit à Séoul, à Tokyo ou dans d'autres métropoles, le ginkgo s'adapte remarquablement aux conditions les plus précaires, là où d'autres essences abandonnent. A New York, c'est certainement l'espèce la plus plantée le long des avenues de Manhattan et il semble que, systématiquement, lorsqu'un arbre meurt le long d'une rue, on le remplace par un ginkgo.

A cette résistance contre les pollutions modernes, un peu paradoxale chez un organisme aussi ancien, il faut ajouter une étonnante immunité à l'égard des parasites habituels...

... Suivaient des développements techniques qu'il ne comprenait pas toujours, notamment sur la sexualité de l'arbre, où il était dit que le ginkgo femelle « pond » des « ovules ». Il poursuivit :

Quand l'homme a-t-il pressenti que le ginkgo allait disparaître ? Pourquoi a-t-il décidé de le sauver ? Nous ne le savons pas. L'esthétique a certainement beaucoup compté : l'arbre est beau, imposant, le feuillage passe du vert tendre au vert-gris puis au jaune d'or, la feuille est d'un type qui ne se retrouve chez aucune plante supérieure. A l'heure actuelle il semble bien qu'il n'y ait plus de ginkgos « sauvages », c'est-à-dire non plantés de main d'homme ou poussés dans un lieu jadis protégé par l'homme.

Les plus imposants, les plus anciens des ginkgos vivraient en Chine; ils ne nous sont pas actuellement accessibles, mais on parle de mystérieux spécimens dépassant quarante mètres de haut et dont l'âge pourrait approcher les quatre mille ans.

Les exemplaires que nous admirons en Europe font figure d'enfants à côté de ceux-ci, puisque l'arbre ne fut introduit qu'au XVIIIe siècle, par Engelbert Kaempfer, médecin et botaniste allemand. Le plus ancien ginkgo européen serait hollandais; semé en 1730 au jardin botanique d'Utrecht, il fut prudemment rentré en orangerie pendant les hivers qui suivirent, et planté en pleine terre une vingtaine d'années plus tard. Quant au bel arbre de Leyde, il date de 1734.

Goethe, qui fut aussi un botaniste réputé, possédait plusieurs ginkgos dans son jardin de Weimar. Détruits et calcinés pendant la dernière guerre, ces arbres ont repoussé depuis. Goethe avait été frappé par la beauté et l'étrangeté de l'arbre. Témoin le court poème (inspiré par l'aspect bilobé de la feuille) que, déjà vieux, en 1815, il dédia à une très jeune et très tendre amie :

GINKGO BILOBA

La feuille de cet arbre
Qu'à mon jardin confia l'Orient
Laisse entrevoir son sens secret
Au sage qui sait s'en saisir.

Serait-ce là un être unique
Qui de lui-même s'est déchiré?
Ou bien deux qui se sont choisis
Et qui ne veulent être qu'un?

Répondant à cette question
J'ai percé le sens de l'énigme
Ne sens-tu pas d'après mon chant
Que je suis un et pourtant deux?

(Heidelberg, 1815)

6

Maussade, le nez au vent, violâtre et silencieux, Arthur Fontaubert était assis sous le marronnier et malaxait des galettes de boue en même temps que ses maussades pensées. Avec les crampons de ses bottes il pétrissait la boue, la sale boué sous les semelles bien défoncées de ses vieilles bottes, pendant que, violâtre, maussade et le nez au vent, il malaxait de même ses éternelles pensées. Et le méchant vent ne mollissait pas depuis trois jours et trois nuits, et la terre au contraire mollissait et buvait sans cesse davantage, ne laissant d'intacte et de sèche que la pierre grise du marronnier, cet îlot de fortune où Arthur Fontaubert dissimulait son verre à vin et sur lequel il était assis à pétrir silencieusement les galettes de boue.

Visiblement il n'aimait pas, il n'aimait pas voir cette auto, là-bas, qui montait lentement vers lui dans les difficultés du chemin, il n'aimait pas non plus qu'on vienne le déranger, spécialement lorsque c'était l'auto noire du boucher-taxi de Souillac, qu'il regardait de loin se hisser dans la côte, allongeant vers elle un museau long comme sa tristesse et sa surprise, sans cesser de pétrir sous les crampons de ses vieilles bottes la sale boue comprimée en galettes.

Pourtant, quand la longue traction noire du taxi-tripier de Souillac eut passé le bosquet de bambous, tourné dans le virage de l'abreuvoir, quand elle se gara juste devant la pierre du marronnier et qu'il en vit descendre cette personne-ci, précisément celle-ci, la physionomie d'Arthur changea du tout au tout, ses pensées également, et, de maussades, attristées et silencieuses qu'elles étaient l'instant d'avant, exprimèrent à l'improviste un soulagement ravi, comme s'il avait craint une minute que le taxi-andouiller de Souillac ne lui déverse quelqu'un d'autre et de moins souhaité.

De son côté, Cyprien Donge – car c'était lui dont le retour non annoncé venait de chasser la morosité automnale sur les traits du voisin –, Cyprien Donge arrivait pénétré des meilleures intentions, il pensait à mille choses et ne songeait plus du tout à l'épisode bénin des godets de couleurs renversés, sur lequel ils s'étaient séparés la fois précédente.

Aussi, ils se serrèrent frénétiquement la main et rirent dans le beau milieu d'un vent accéléré comme il n'en souffle d'habitude que sur le pont des navires, un vent qui gerçait la couperose du voisin, déformait même les rides de son front, malmenait le col du pardessus de Cyprien et lacérait à pleines dents le manteau jaune de la forêt. Et pendant que leurs mains s'échangeaient une poignée des plus nourries, on aurait pu croire qu'ils s'agrippaient et se retenaient l'un l'autre afin de ne pas être jetés à terre. Le peu de mots qu'ils réussirent à se communiquer était presque mangé par le vacarme des ramures, le feulement de la bise et le charivari d'une dégringolade d'ardoises qui éclataient au sol. « Ça vous saisit, eh ? » cria l'un d'eux qui était probablement Arthur, à moins que ce ne fût la bouche de Cyprien à demi bâillonnée par les feuilles qui venaient s'y coller en battant de l'aile lourdement.

Saisis en effet, saisis et trempés, rougis et giflés comme sous l'impact d'une braise, ils se regardaient du fond des yeux d'un air entièrement réjoui, après deux mois de séparation. Puis le voisin cria encore quelque chose, et Cyprien comprit : « Au peuplier... tout de suite !... » Il désignait un arbre noir à la branche pendante, dangereusement ployée au-dessus du toit de la chapelle.

Cyprien Donge sortait à peine du train, de sa lecture climatisée, où les arbres de papier rangés sur des vignettes parlaient eux-mêmes le vocabulaire précieux et poétique des manuels savants ; et voilà que d'un coup il se trouvait devant des arbres on ne peut plus réels, malmenés par un vent qu'aucun ouvrage n'aurait su décrire. Le peuplier. Quoi, le peuplier ? Les mots d'Arthur étaient comme ça, il fallait s'y faire. Sa conversation présentait toujours un caractère d'urgence et d'immédiateté, empruntant des raccourcis qui lui donnaient l'allure d'être à côté de tout, précisément parce qu'il était en plein dans le milieu de tout, au centre étroit des choses... Et, joignant le geste à la parole, il s'était débarrassé en hâte de ses bottes, avait couru, pieds nus et tête baissée, à travers l'étendue des graminées qui cernaient la chapelle.

Quand Cyprien réalisa que ce dément avait pour

intention d'escalader le peuplier, Arthur était déjà
roulé comme une couleuvre à plusieurs mètres d'altitude, et il montait continuellement d'un mouvement de
vrille, tantôt masqué, tantôt ne laissant d'apparent que
ses pieds gris qui enlaçaient une prise au sein du feuillage terne et vivement secoué. Les gémissements de ses
efforts ne faisaient qu'un avec le bruit diffus et intrépide de la forêt entière. Quelques secondes lui furent
suffisantes pour parvenir à dominer la chapelle : il se
laissa tomber, se rétablit à califourchon sur les ardoises
faîtières et, bras levés par-dessus la tête, il commença à
assener des coups sur la jointure de cette énorme
branche inclinée presque à l'horizontale. Mais, bien
que la tempête l'eût à moitié rompue déjà, elle résistait
encore, et Cyprien voyait de loin les voltiges répétées
que faisait la hachette au bout du poing. Arthur frap-
pait en cadence, comme un sourd, comme un sonneur
de cloches, il resserrait ses cuisses sur la crête des
ardoises pour gagner de l'élan, du recul, de la force.
Probablement prononçait-il à chaque cognée une terrible interjection obscène dont le vent seul se régalait :
mais son travail n'avançait pas d'un pouce, et la
branche tenait bon.

· Alors, il quitta le toit où il s'était établi, recommença sa reptation ascensionnelle jusqu'à l'enfourchure même, là où, vaille que vaille, cela devait céder.
Il faisait masse de tout son corps, poitrine et ventre
épousant la branche condamnée − et se condamnant
avec elle − en continuant de la frapper à coups redou-
blés, comme si le souci de sa personne ne lui impor-
tait plus d'aucune manière. Enfin, une déchirure

immensément retentissante se propagea de haut en bas du peuplier, et Cyprien pensa qu'il lui fallait fermer les yeux. Il vit et ne voulut pas voir le grand organisme fracturé, l'arbre soudain dissymétrique, puis le manche de la hache qui volait, puis la tête d'Arthur à la renverse dans les confus feuillages... Il vit surtout les deux poignets se rattraper *in extremis* d'un mouvement d'enroulement autour du tronc, pendant que les pieds nus poussaient d'une dernière ruade la branche, déviaient son cours mortel, et l'envoyaient se fracasser loin dans les herbes : la synchronie de tous ces gestes n'ayant duré que l'espace d'une brève frayeur.

Après cela, l'acrobate redescendit au sol plutôt mal que bien, sans trop prêter intérêt aux éraflures, comme si le retour vers la terre venait de lui ôter la surprenante agilité de l'instant précédent. Ses bras, ses mains, une de ses joues saignaient. Cyprien pour sa part était blême et ému ; ému non pas seulement d'avoir vu cet homme rustique se changer en virtuose et en elfe, mais de l'avoir connu capable de risquer ses os pour la sauvegarde d'une petite chapelle qui lui avait un jour appartenu, et qui n'était plus sienne.

– Bravo. Je vous offre à boire.

– Pas besoin, répondit l'autre, seigneurial. Du temps de Chavès, j'y grimpais plus souvent qu'à mon tour. Les peupliers, les chênes, oh j'y allais. Faut les avoir à l'œil.

Cyprien évita cette fois de redemander qui était Chavès. Ils se quittèrent bons amis, chacun rentrant chez soi, et dès le lendemain Cyprien s'arrangea pour combiner un tour en ville, d'où il rapporta à l'intention d'Arthur une flambante paire de bottes neuves, que le voisin prit dans ses mains et contempla avec le même étonnement radieux qu'un jeune enfant ses premiers souliers.

7

Une tramontane endiablée joua toute la nuit à saute-mouton sur les toitures. Le firmanent semblait plein à craquer d'éboulements possibles; la lune, se prenant pour une comète, filait à perdre haleine au-dessus du pigeonnier, derrière l'écran brillant des nuées où se réfléchissait comme sur un drap blanc l'ombre des ramures secouées. Quant à la chambre du pignon, le beau vacarme des éléments l'avait pour ainsi dire détachée en bloc de la planète Terre, et la faisait voguer et osciller dans un isolement voluptueux. Cette impression était si drôle, si persistante, que Cyprien finit par aller mettre un œil à la fenêtre, façon de s'assurer qu'il n'était pas dans une capsule stratosphérique.

Il constata que non : le pigeonnier blanc, la lune devenue comète, tout était seulement plus tordu que d'habitude, cimes courbées, prises en torche par le vent tournant, ardoises qui se désajustaient et s'envolaient comme si elles eussent été en paille de riz. Et il observa encore autre chose : le voisin non plus ne dormait pas. Mieux : il était en pyjama, debout, au milieu de la cour. Et sa figure... oui, à cet instant précis – onze

heures du soir – les gencives éclatantes d'Arthur Fontaubert venaient de retrouver ce sourire de forban que
Cyprien Donge lui avait connu le jour de son arrivée.

Exalté, exultant, renfrogné, transporté, il avait l'air
de renifler les nuées avec des yeux de délivrance, le
grand spectacle optique de la terre reflétée sur les
cieux, et cette odeur sucrée de pourriture végétale que
rabattait et qu'attisait le vent d'Espagne. Une des
manches ballante de son pyjama trop long posait
comme un signe d'hystérie dans sa démarche noctam-
bule ; mais il avait dû se souvenir que les ténèbres
l'effrayaient, car il disparut un instant dans sa masure
avant de refaire surface porteur d'une lanterne se
balançant, se balançant au bout du bras de pyjama qui
balançait aussi.

La lampe tempête faisait reluire sur sa joue gauche
une croûte de sang durci, où Cyprien reconnut un des
trophées de ses exploits de la veille qu'il n'avait pas
encore rincé à l'eau, après l'escalade inconsidérée du
peuplier. Et ses gencives souriaient toujours, tandis
qu'il se dirigeait vers le pré d'en bas, celui des bœufs à
robe rouge.

La suite de la scène se déroula hors de portée du
regard, cachée par un talus où poussaient du buis et
des verges d'or, mais Cyprien en eut connaissance dès
le lendemain. Voilà ce qu'avait fait Arthur après avoir
rejoint, muni de son sourire étincelant, le pré aux
grands bœufs rouges. C'étaient, il faut le dire, ses bêtes
affectionnées. Il n'en parlait jamais autrement qu'avec
fièvre. Leurs cornes d'ambre étaient ce qu'il y avait de
plus solide et de plus vertical au monde ; car la tempête

pouvait bien faire qu'un châtaignier se courbe ou soit déraciné, mais aucun vent ne soufflerait assez pour décorner les bœufs rouges, quoiqu'en dise le proverbe.

Peut-être pensa-t-il lui-même qu'il était seulement venu chercher sous leur garrot un peu de chaleur, un rassurant abri (les bêtes à son approche mugissaient comme des trompes de paquebot); mais bientôt, il plongea ses deux mains dans la rêche fourrure, empoigna le gras d'un fanon, suspendit sa lanterne entre les deux cornes, et, s'agrippant tant qu'il pouvait à ce guidon de fortune... Ah, la faramineuse chevauchée!

Cet épisode fut relaté le lendemain par le vieux père Marielle, qui le raconta à Marcel Dumaze : car lui non plus ne pouvait pas fermer l'œil, et, en fumant une pipe à sa terrasse, il avait vu dans les lointains « courir une vache avec un phare entre les cornes et un homme sur son dos ». D'ailleurs, ce n'était pas d'hier qu'Arthur avait une réputation d'équilibriste et de casse-cou, doué pour la vie dans les hauteurs, ignorant entièrement ce que la plupart des gens éprouvent sous le nom de vertige.

Cyprien Donge était resté encore un long moment à la fenêtre, espérant de voir réapparaître le pyjama lunatique dans l'encadré de son champ visuel; mais comme ce ne fut pas le cas, il finit par se recoucher. Autour de lui, le vent pleurait sans retenue. Dans les fantasmagories de son sommeil, il se représentait un bon génie grimpé sur le pinacle de la maison, et qui recoiffait les tuiles à mesure que le tumulte les ébouriffait. Plusieurs fois de suite, un nom fut crié, venant de

là-haut... Céline, Céline, Céline. L'ange gardien assagis-
sait les tuiles et lissait leur repos, mais Céline était
morte, et elle n'était pas morte, criait toujours la voix
par le conduit de cheminée, tandis que Cyprien dormait à poings fermés, perdu délicieusement sur quelque grand navire au mât brisé, dans la tempête qui faisait rage.

Au matin, l'accalmie. Un soleil ocre et mouillé
encore, qui semblait ressuscité des enfers, chauffait
doucement les parterres de dahlias, dorait les tiges des
sentiers, et rien n'était plus troublant à regarder que
cette lumière convalescente, dont la vigueur retrouvée
immensifiait soudain les arbres en élaguant l'azur
autour de leur manteau. Le tulipier de Virginie formait
au loin une sphère parfaite, d'un jaune de mélisse,
entre l'aigre et le doux, sillonné en tous sens par les
cailloux volants des sansonnets. Toutes les essences
plus ou moins rares plantées ici un siècle et demi plus
tôt par le sieur de Lassale, explorateur de son état,
vibraient en symphonie, allumaient des pastilles étin-
celantes dans leur profuse masse. Le plaqueminier était
le seul à s'être dépouillé de sa feuillaison, mais, sur ces
rameaux déjà grêlés de froid, les kakis verdissaient et
gonflaient comme de tardives tomates.

Pendant une heure ou deux, Cyprien ne songea
même plus aux terribles turbulences de la nuit. Mais
les choses se gâtèrent lorsque, poussé par on ne sait
quel chatouillement, tournant soudain le dos à la matinée limpide, et commettant par là un geste qui devait
attirer sur lui la catastrophe, il rentra, soi-disant pour
vérifier que les intempéries n'avaient pas commis quel-

que dégât dans la nombreuse suite des pièces du rez-
de-chaussée qu'il ne fréquentait jamais, et dans celles
de l'étage.

Il releva d'abord certaines anomalies bénignes, à
peine de quoi griffer le cœur d'un propriétaire. Dans
un des cabinets de toilette, par exemple, une flaque
d'eau. Les sept chambres de l'étage, les remises à
balais, les salles de bains rougies par le calcaire et les
profonds placards composaient un arrière-fond de
pénombre et d'abandon où les mouches de la belle saison étaient venues mourir le long des plinthes : ce
n'était rien, rien que de petits amas de corpuscules des-
séchés qui fournissaient seulement la preuve que tout
fuit, tout s'échappe et s'infiltre, qu'aucune maison n'est
hermétique, qu'il y a toujours ici ou là une fissure invisible, un vasistas mal refermé.

En même temps, il se disait : Ne sois pas bête. Si tu
commences à t'arrêter sur ces détails, tu n'en finiras
plus de l'ausculter, de la palper, de l'écouter gémir, de
demander conseil...

En effet, un ennui nettement plus sérieux l'attendait
à la cave. C'était une montée d'eau impressionnante, et
qui baignait les quatre dernières marches. Quelques
bouteilles horizontales et des cageots à légumes flottaient en silence sur cette nappe comme surgie du
néant. Pourtant, la porte fermait bien et le bois n'en
était pas rongé ; l'imprévisible crue provenait vraisem-
blablement d'une filtration interne par le tuf.

Cyprien Donge fila chez les Dumaze comme on irait
chez le médecin de garde. Il soumit son affaire à Marcel, qui émit aussitôt un diagnostic retentissant.

– Ah, mais vous avez encore rien vu! Quand la rivière grossira, vous aurez de la flotte jusqu'aux cuisses, dans cette cave. Et puis après, ça remonte, bien sûr. Les champignons, les rhumes, la gorge enflée et j'en passe. Un mur qui tète, je vais vous dire, y a guère moyen de l'en empêcher. A moins que. Si j'étais vous, j'y creuserais un puisard. Un trou d'un mètre de fond, en maçonnant bien les côtés, que vous seriez tranquille le restant de vos jours.

Et comme il voyait que Cyprien acquiesçait avec une ardeur modérée à sa thérapeutique, il dépêcha très secourablement Henriette se mettre de mèche avec les puisatiers, deux frères qui portaient des prénoms immortels, respectivement Oscar et Hamilcar, et dont il lui assura qu'ils travaillaient « comme des lions ». Rendez-vous fut pris pour le surlendemain, si entre-temps l'aiguille du baromètre voulait bien incliner vers le sec.

Le reste de la journée se signala surtout par un rapprochement encore plus marqué avec le voisin d'en face. L'entente frôlait la perfection d'une lune de miel; et comme dans les lunes de miel les mots paraît-il sont en trop, leurs échanges langagiers qui ne fatiguaient ni les lèvres ni la langue comportaient juste le minimum de grognements complices. Cyprien offrit à Arthur les fameuses bottes de cuir; et Arthur ramassa quant à lui un bon quintal de pommes, qu'il étendit sur des claies dans le grenier de Cyprien. Car il continuait d'agir en toutes choses avec le même aveugle dévouement que si les fruits et les récoltes lui appartenaient encore. Ce qui était à la fois touchant et embarrassant.

— Merci beaucoup, Arthur. Vous êtes décidément d'une compagnie... (Cyprien chercha en vain l'adjectif qui lui eût permis de qualifier cette compagnie ; il avait pensé « fraternelle », mais le mot lui parut trop pompeux). A propos, je voulais vous dire : on va bientôt faire creuser un puisard dans le fond de la cave, pour régler ces problèmes d'infiltration.

— C'est pas utile.

Une minute plus tôt, ils filaient la parfaite idylle, et voici qu'un rideau de brouillard descendait dans la voix du barbu. Peut-être aurait-on dû prendre son avis ? lui faire valoir qu'il comptait encore pour quelque chose ?

— C'est pas utile.

A l'avenir, il faudrait certainement y songer à deux fois avant d'engager des travaux qui pouvaient être sentis comme autant de blessures personnelles. Mais c'était sa faute, aussi. Il n'avait qu'à parler. Et comme les raisons bonnes ou mauvaises du voisin ne daignaient pas s'étendre au-delà de la barrière laconique de ses mâchoires, Cyprien demeura sur ses positions, le projet fut maintenu.

Le surlendemain, un rapide examen confirma que la cave était redevenue praticable. Le duo des puisatiers se présenta comme un seul homme aux commandes d'une trépidante pétrolette qui apeura les vitres et fit trembler les canards.

Ils portaient avec eux pelles, pioches, truelles, niveau à bulle, ciment Lafarge, on les disait témoins de Jéhovah, ce qui cadrait mal avec le reste. Cyprien les avait supposés jumeaux et interchangeables, alors qu'en fait

Oscar était gros, chauve et luisant, Hamilcar mince comme un fil de fer, malade de la bile. C'était le mince qui descendait dans les trous, le chauve restant posé comme une otarie à la surface ; et chaque fois qu'Hamilcar remontait des ténèbres, invariablement il pinçait son frère entre deux doigts par le gras de sa personne en faisant « crrrkk », plaisanterie sans doute aussi vieille que leurs premières culottes et qui les chavirait de rire.

« Ce qu'on se poile », disait Oscar. « Tiens, y a un os », disait Hamilcar.

Cyprien croyait que la boutade de l'os était, comme le reste, un des morceaux d'anthologie du récital archiusé de ces hamletiens fossoyeurs. Il se pencha pour se rendre compte : la figure hâve et mâchurée d'Hamilcar ressuscita du trou, et sa main gauche, celle qui ne tenait pas la bêche, offrit à sa contemplation un reliquat blanc, équivoque et oblong, qui ne pouvait d'aucune manière passer pour une vue de l'esprit, mais qui était bel et bien un os avec toutes les garanties, auquel adhéraient des restes comme de tissu brûlé ou de cuir boucané.

La stupeur et le triste dégoût qui le saisirent devant cette découverte n'avaient d'égal que l'enthousiasme des compères puisatiers, lesquels ne demandaient pas mieux qu'à prolonger les fouilles « si le patron en voulait d'autres ».

Cheveux gluants et ongles noirs, Hamilcar pelletait terre et eau avec la verve d'un chercheur d'amulettes. Impossible même de lui dire d'aller doucement. Ils dégagèrent successivement un bassin bien fourni, des jambes de forte taille, toutes les vertèbres alignées, les omoplates, le cou... « Cela suffit », dit sèchement Cyprien.

La tête, il ne voulait la voir à aucun prix. Mais il se représentait déjà la somme de complications s'abattant d'un coup sur sa villégiature studieuse, et le pire n'était pas les travaux qu'on laisserait en l'état, le pire n'était pas l'eau du Léviathan qui monterait et refluerait comme depuis toujours dans cette cave au gré de la nappe phréatique.

La première chose à faire était d'expédier ces deux-là. Arrosés d'un copieux pourboire, Oscar et Hamilcar diluèrent leur tandem problématique dans la cacophanie gazeuse du triporteur, ils repartirent comme ils étaient venus, contents de leur journée, hilares et insoucieux du secret qu'ils venaient de connaître.

Cyprien fit quelques pas entre les touffes de clématites et les hampes blanchies des graminées. Dans l'incertaine clarté de ce novembre pâle, il voulait se donner le temps de la réflexion ; une voix lui disait : « Cette chose que tu as trouvée t'appartient. Comme la maison, comme le domaine entier et l'air que tu respires, et les fruits, et les fleurs. Elle t'appartient, cette relique. Qu'est-ce que cela veut dire ? Tu pourrais décider qu'elle appartienne aussi à d'autres, aux hommes de loi et aux gendarmes. Il ne dépendrait que de toi que le mot " puisard " allonge demain son nez et ses grandes oreilles dans tous les bavardages de café. Mais tu sais déjà que tu ne dénonceras personne. »

Comme il était conscient que ce raisonnement contenaît une parcelle d'immodestie, ou de fanfaronnade, ou de fausse tranquillité déguisant la colère, revenant sous le marronnier après avoir fait le tour complet par l'abreuvoir et les bambous, rien ne l'étonna moins que de buter sur le voisin qui l'attendait là, l'air fataliste et considérablement ridé.

— Je regrette beaucoup de vous annoncer que nous avons découvert un squelette dans le terreau de la cave.

— Oui, dit Arthur.

— Cela ne vous inspire pas d'autre commentaire?

— Non, dit Arthur.

— Et si je vous mettais mon poing sur la figure? Un squelette au complet. Plus grand que vous. Plus grand que moi. Absolument intact.

— C'est mon père.

« Voilà qu'il me ment », pensa Cyprien.

8

Le lendemain : visite obligatoire au cimetière. En avoir le cœur net. Nous verrons bien ce qui nous attend, avait-il pensé alors que le taxi le conduisait à ce village dont la sonorité plaisait à ses oreilles, parce que son nom rimait avec déluge.

Il ne fut pas déçu : étrangement encastrés entre le lit de la rivière, d'un côté, et la falaise verticale de l'autre, les toits des maisons de Gluges se grimpaient l'un sur l'autre à qui mieux mieux. Au-dessus d'eux, une fantastique paroi ocre sanguinolente, élancée d'un seul bond, couronnée de corneilles voltigeuses et de figuiers aux racines comme des dents.

Le cimetière était à l'image de ce lieu paradoxal : minuscule, coincé de partout, obligé de pousser vers le haut, avec des allées tordues qui donnaient l'impression de se promener debout ou de marcher sur leur queue. Les petites tombes de Gluges avaient la modestie qui sied à une commune de quelques dizaines d'âmes. Quant aux vivants, ils paraissaient s'être habitués à porter leurs défunts sur leur tête, et à devoir passer par les greniers pour arroser les chrysanthèmes.

Cyprien, lui, avait aimé dès le premier abord l'incandescence de la pierre, l'équilibre bancal, les croix penchées, la périlleuse tranquillité de cet univers en dépit du bon sens. Quand il tordait le cou à la renverse, toute la falaise au ralenti s'écroulait sur lui d'une chute illusoire, et, simultanément, il lui venait l'idée que la tombe du père d'Arthur se trouvait *forcément* là ; ou plutôt, que le voisin lui-même aimerait passer sa mort dans un tel endroit, lui qui avait passé sa vie à se jouer du vertige.

Les corneilles croassaient, ces oiseaux du grand âge... Où donc avait-il lu que la corneille vit 9 fois la vie humaine, le cerf 4 fois l'existence de la corneille, le corbeau 3 fois la durée du cerf, et le phénix 12 fois celle du corbeau ? Les Grecs, il s'en souvenait, les appelaient *makraiones* : la hiérarchie des êtres à la vie longue...

Enfin, sous les ifs qui donnaient à ce monde suspendu la grâce d'un souvenir méditerranéen, dans le désordre hybride et affectueux des dalles chamboulées, des inscriptions rongées, des orties et des plantes rudérales, il avait trouvé celle pour laquelle il s'était mis en chasse depuis le matin :

IN PACE

GUILLAUME-EUGÈNE	MARIE-ROSE FONTAUBERT
FONTAUBERT	née ARBOUCAN
(1892-1936)	(1889-1931)

Une simple épitaphe sur un fond de granit à tachetures blanches et grises. Magnanime, le passage des années, en ternissant les lettres d'or, avait nivelé la demi-décennie séparant la mort prématurée de Marie-

Rose et celle de son compagnon, faisant maintenant comme s'ils avaient quitté le monde un même soir. Cyprien Donge tourna le dos paisiblement aux fleurs récentes de la Toussaint, aux buis, aux ifs et aux corneilles, mais il emportait confirmation de la seule certitude pour laquelle il s'était déplacé, à savoir que le corps posthume de Guillaume, père d'Arthur, était bien suspendu sous la falaise de Gluges au beau nom de déluge, non pas enfoui dans l'ombre d'une cave malsaine.

Par des marches ardues, il était redescendu vers les habitations humaines, et il s'apprêtait déjà à rentrer quand il changea d'avis, se rappelant soudain qu'il connaissait quelqu'un dans le village.

Quelqu'un d'intéressant. Une personne unique à sa manière. Non pas un ami tout à fait, mais un homme que lui, Cyprien, était heureux de fréquenter, auquel il vouait beaucoup plus qu'une discrète sympathie : de l'admiration peut-être.

Autant de sentiments dont le vieux petit père Marielle aurait été flatté et sans doute gêné, s'il en avait eu connaissance. Possédait-il vraiment tous les dons merveilleux que Cyprien lui prêtait? Il est certain qu'on n'avait pas fait le tour de son talent autodidacte une fois mentionnée la culture des roses, ni le ratafia qu'il concoctait avec les pétales de celles-ci. Tout ce qui s'échappait de son esprit et de ses mains eût mérité le même label d'ingénuité garantie que ce capiteux breuvage couleur de topaze, et notamment ses peintures.

Ses peintures! Il ne les dévoilait d'ailleurs qu'avec des timidités redoublées, sauf à sa fille, parce que c'était sa fille, et sauf à Cyprien parce qu'ils avaient entre eux des mains qui se comprenaient.

L'exposition permanente se tenait dans la salle à manger. Examinant les panonceaux de bois posés sur le buffet, ou accrochés sur un papier mural qui n'aidait guère à les mettre en valeur, Cyprien se penchait avec soin, et répandait bientôt un enthousiasme d'autant plus persuasif qu'il était incroyablement sincère.

Le père Marielle peignait ce qu'il voyait : n'était-ce pas, après tout, une définition suffisante de la peinture? Accessoirement, il ajoutait quelques pattes raides de créatures variées, ou des rapidités de coloris que la nature aurait à peine osé concevoir sans lui. Le grand mystère râpeux de la falaise l'intéressait au premier chef. Il décrivait les toits, le cimetière sur les toits, et les zigzagantes allées qui dansaient sur leur queue comme des serpents amoureux, dans la perfection tranquille de l'espace raccourci et des croix inclinées.

Mais, ce jour-là, il y avait eu deux tableaux qui ne pouvaient pas manquer de mettre en arrêt Cyprien Donge. Car ces deux œuvrettes représentaient l'une et l'autre le pigeonnier de Montcigoux, le pré et la verdure autour. Troublé, il demanda au vieux Marielle en quel endroit il était allé poser son tabouret pliant de campeur, pour obtenir un tel cadrage sur la tour du domaine. A quoi le père Marielle répondit qu'il n'avait pas bougé de chez lui.

Et devant l'étonnement de son visiteur, il ouvrit toute grande la porte-fenêtre du séjour, poussa Cyprien sur la terrasse où séchaient pêle-mêle tresses d'ail, piments rouges et abricots racornis. Les courbures du relief ménageaient en effet des aubaines imprévues : là, tout au fond, parfaitement net et rapproché, entre les lèvres d'une trouée qui semblait faite exprès pour le mettre en valeur, apparut le domino blanc.

Cyprien l'avait observé en silence avant de revenir à l'intérieur confronter son idée à celle des deux peintures. Le père Marielle n'hésitait pas à répéter un motif aussi longtemps qu'il ne s'en était pas lassé, quitte à introduire des variantes : c'est ainsi que le deuxième de ses pigeonniers comportait un rajout, une fantaisie, une petite mise en scène assez captivante. Il avait peint, traversant un des trous d'envol aussi étroits que des meurtrières, un bras qui s'en échappait, un bras de femme certainement, mince et nerveux, hâlé, agitant au bout de la main quelque chose de flou, comme un morceau de tulle.

Le procédé et sa technique valurent une nuée d'éloges à son auteur, qui n'en demandait pas tant et rougit de plaisir. Aussi, quelle ne fut pas la joie de Cyprien quand, un peu plus tard, sur le point de prendre congé, il se vit offrir par le vieux Marielle d'emporter chez lui un des tableaux. Par-dessus le marché, cet homme aimable le laissait choisir en toute simplicité de garder l'un ou l'autre. Et la préférence de Cyprien allait bien sûr à la seconde peinture ; mais comme celle-ci possédait à ses yeux un supplément de création et de matière qui la rendait plus précieuse, il crut devoir, par élégance, porter son dévolu sur la première.

Et lui qui en avait pourtant vu d'autres, il enveloppa

cérémonieusement dans la doublure de son pardessus le petit rectangle de bois enluminé de ce Giotto des prés, qui trouva sa place naturelle au-dessus de la cheminée de cuisine.

Bien souvent, par la suite, il devait attarder son regard sur le pigeonnier blanc où chantait la lumière, réplique fidèle et émouvante de la tour véritable qui en principe était son bien, mais où il n'était jamais entré, et devant lequel le voisin Arthur montait une garde jalouse. Cependant, tout en contemplant le pigeonnier de peinture avec bienveillance, il regrettait de ne pas avoir osé choisir l'autre, qui possédait un élément supplémentaire si surprenant. Avec une sorte de long frisson interrompu juste en lisière de l'abîme, il se disait, se répétait : « Le père Marielle n'invente rien, le père Marielle peint ce qu'il voit » – et sa mémoire lui représentait encore et encore, en surimpression, le détail surnaturel du bras de femme à la chair hâlée se balançant silencieusement par un des trous d'envol.

9

Franchir sur la pointe des pieds le seuil de la sacris-
tie qui sentait la giroflée fanée. Écouter distraitement
les éclats de voix des enfants de l'école communale
toute proche imprégnant l'épaisseur des murs, dispen-
sant leur écho joyeux et irréel à travers le silence des
soutanes de monsieur le curé. De temps en temps, faire
l'endormi ou l'étudiant studieux lorsqu'une femme au
visage gras entrebâillait la porte afin de constater une
fois de plus, avec un vif déplaisir, que Cyprien
comptait vraiment passer la matinée entière ici. Sourire aussi, en imaginant ce que penseraient de lui ses
amis de Paris s'ils le découvraient absorbé dans une de
ces actions dévotement respectueuses qui était pour lui
comme de mettre des tuteurs aux tomates ou d'encapu-
chonner les chaises de la galerie dans des bonnets de
papier journal. Sourire encore, car tout cela lui était
parfaitement égal, délivré du jugement des autres aussi
bien que de tout sentiment d'amour-propre.

D'ailleurs, il n'avait pas seulement l'intention de passer ici la matinée entière, comme le craignait la femme
au visage gras, il y vivait pour ainsi dire des vies suc-

cessives. Ses yeux et sa conscience absorbés dans les
feuilles du registre jauni avaient déjà enjambé cavalièrement plusieurs décennies, une kyrielle de saisons,
des glaciers bleus piquetés de mauve, de profondes vallées encaissées où fleurissent les crocus au printemps.
Jusque-là, n'est-ce pas, rien de bien difficile ; car, que
cela se soit passé il y a un siècle ou avant-hier, on pouvait supposer sans erreur que l'eau du canal du midi
avait toujours été aussi verte, que les rivières coulaient
dans le même sens, ainsi de suite. Mais tandis que
Cyprien se fatiguait à en imaginer davantage, un
homme qu'il ne voyait pas marchait, marchait depuis
des années dans la neige et les flaques de soleil. Un
homme dont il ignorait à peu près tout descendait à
pied le long de ces rivières transparentes ; il allait vers
le nord, il allait vers la plaine...

Cyprien possédait juste de lui son acte de baptême et
son acte de mariage, pauvres mentions entrelacées
dans les pleins et les déliés d'une écriture de clerc. Il
s'appelait Guillaume-Eugène Fontaubert, voilà ce
qu'on pouvait en dire ; il était né à Luz-Saint-Sauveur,
département des Hautes-Pyrénées, en vallée de
Bigorre. Sur le grand registre moisi de la paroisse, on
le décrit comme « charpentier et bon travaillant ». Il
marche dans la neige et les flaques de soleil. Il est passé
maître dans l'art de fabriquer les bancs ou les prie-
Dieu, les vis des pressoirs, d'échafauder des nefs pour
les granges ou des coffrages de pigeonniers. Mais pourquoi cette marche inlassable et depuis tant d'années ?
Que fuit-il ? La neige entre dans les souliers de Guillaume-Eugène, lui qu'on appelle aussi – c'est écrit

comme cela – Guillaume « le cagot » : et Cyprien
ignore ce que veut dire cette épithète. Peut-être est-ce
une injure, un surnom vexatoire. Un de ces mots qui se
solidifient au cours des âges comme les concrétions
minérales, et deviennent une chose, un appendice
indissociable de la personne physique qui le porte, au
même titre que l'embonpoint ou la maigreur, le bégaie-
ment ou les pieds plats. Alors, l'homme maudit par ses
semblables a pris le bâton de l'errance ; et comme il
s'éloigne de jour en jour du sol natal, qu'il foule des
terres qu'aucun de ses parents n'a fréquentées, l'achar-
nement de l'infamie à courir après lui le surprend et le
blesse davantage encore...

La neige entre dans les souliers de Guillaume-le-
cagot, et Cyprien ne le voit pas. Il a traversé à pied
toute la Gascogne. Un jour est venu où il s'est arrêté sur
le bord d'une rivière plus large et plus lente que les
torrents de la montagne, et le mot blessant, à son tour,
s'est déposé sur les registres du village de Creysse, au
bord de cette rivière qu'on nomme Dordogne. Entre-
temps, devenu riche à force de clouter des bancs et des
prie-Dieu, des berceaux et des lits, des lits et des cercueils, il a fini par épouser Marie-Rose, née Arboucan.
Mais sa physionomie calcinée d'amertume, quand il la
penche sur le miroir de la rivière, ne dirait-on pas un
fagot de brindilles, un tas de rides jetées dans tous les
sens par quelque dieu renfrogné ? Il se regarde et se
demande avec étonnement : Pourquoi lui ? Qu'a-t-il
fait ? Que signifie tout cela ?

Sans doute y avait-il aussi en ce temps-là de merveilleux après-midi de juin, quand une odeur de jeune

luzerne sur les routes rendait le fond de l'air adorable à pleurer. Mais, une fois de plus, la dame au visage gras vient d'agiter son trousseau de clés sous le nez de Cyprien, manière de lui signifier qu'il est l'heure d'en finir... Cyprien obtempère, tout en se disant qu'il reviendra, il poursuivra l'enquête, aussi longtemps qu'il n'aura pas compris le chagrin, et l'errance, et l'histoire de ces hommes qu'on appelait cagots. Car il lui semble que tout Arthur est là.

Le bal du silence

10

Cela se passe dans une époque dont on n'a plus la moindre idée. Un matin très ancien, un matin identique en couleurs à tous les autres qui viendraient après, Arthur est arrivé comme l'éclair dans la cuisine, annonçant que les petits lièvres étaient nés.

Comme si ses jambes avaient des ailes, comme l'ivresse même de la lumière, comme le joyeux facteur lorsqu'il apporte un très joyeux courrier, dévalant le pré, passant sous les barrières blanches à plat ventre, se relevant, s'égratignant une joue, plus vite, plus vite... Il avait traversé la cour par le milieu, avait aperçu enfin une ombre en mouvement dans la cuisine.

Heureusement qu'elle est là, pensaient ses jambes qui couraient.

Heureusement, elle était là.

Sans prendre la peine de faire le tour par la souillarde ni d'y quitter ses bottes, il avait franchi d'une seule envolée haletante l'appui de la fenêtre basse, avec cette masse de chaleur qu'il rapportait sur ses épaules et la bonne nouvelle dans sa poitrine.

Céline remuait une salade de pissenlit et de pourpier

au creux d'un grand compotier noir. Arthur regarda alternativement sa sœur, puis la table qui n'était pas encore mise, puis le compotier et de nouveau sa sœur, en se félicitant d'avoir été assez malin pour arriver au moment juste.

« Tout va bien aujourd'hui », se dit-il, comme si c'était une chose à peine croyable.

— Alors, c'est quand que tu viens les voir?

— Voir quoi? demanda-t-elle.

— Puisque je te dis que les petits lièvres sont nés!

Céline s'était retournée enfin : il lui savait gré d'arrêter de remuer la salade, d'incliner sa poitrine pardessus la paillasse, et de hausser vers l'extérieur un de ses longs regards... Bien entendu elle ne pouvait rien voir d'ici et jouait un peu la comédie, mais, tout de même, il ne put réprimer un frisson à la pensée qu'elle transportait son intérêt dans la bonne direction, plus loin que l'ombre circulaire du marronnier, plus loin que les chardons barbus des barrières blanches où il venait de s'érafler la joue.

Un morceau de veau, sur le fourneau de céramique, gémissait d'une voix douce, fataliste et musicale. Arthur reniflait avec délectation l'odeur de menthe poivrée, de viande cuite, de vinaigre et de tisons qui parfumait la pièce. Elle lui demanda alors combien ils étaient cette fois-ci, se souvenant, disait-elle, que la dernière fois il en espérait huit ou neuf, mais qu'au dernier moment la mère s'était fait peur et les avait mangés.

— On peut pas les compter, dit Arthur dédaigneux. C'est pas comme des lapereaux.

Il aurait voulu lui expliquer davantage la différence entre lièvre et lapin, que les petits de lièvre un rien suffit, un rien suffit dès qu'on les touche pour qu'ils vous claquent entre les doigts. Et que les petits de lièvre viennent à voir le jour entièrement vêtus de leur fourrure, non pas nus, bleutés de chair et mal appétissants comme les lapins ; et que si d'aventure la mère sentait rôder sur leur pelage un soupçon de sueur humaine, elle n'hésiterait pas une minute à les étouffer. Tellement ça a le cœur sauvage.

Et tout en savourant intérieurement la belle idée du cœur sauvage des petits lièvres, il observait les gestes de Céline avec tension et distraction, ses tympans avertis épiaient chaque fissure de l'air. Car le prodige qui les réunissait à voix basse dans l'ombre fraîche de la cuisine, ce charme lent, ensorcelant, après la course à pied à travers le pré, était promis à disparaître d'un instant à l'autre.

Il le savait, mais se cabrait en face de l'évidence. Son regard s'accrochait comme à des bouées aux deux mains suractives de Céline, et il redemandait encore – c'est quand que tu viens les voir ? – et sa sœur répondait le plus tranquillement du monde qu'elle avait les hommes de la batterie à déjeuner dans un quart d'heure. On les entendait. On les entendait déjà. La voix montante des journaliers s'égrenait avec le vent depuis le fond du vallon, et d'un seul coup tout le sang lui flamba à nouveau dans les joues.

Alors, dans un sursaut d'abnégation, de dévouement, et comme on jette son va-tout, il décida de s'avancer lui-même à la rencontre du sacrifice, ouvrit le placard

à linge, prit une pile de serviettes qu'il courut poser sur
la pierre grise du marronnier.

Il avait pensé d'abord qu'il attendrait les hommes de
la batterie ici et les saluerait le premier ; mais la chaleur, l'énervement, le désespoir lui furent très vite
insupportables, si bien qu'il ne put guère s'empêcher
de revenir à toutes jambes dans la cuisine. Et le voilà
qui tourne comme une âme en peine, accrochant
encore une fois ses espérances aux deux mains voltigeuses et surdouées de Céline, dans la pénombre, entre
les lourds chaudrons cuivrés qui luisent pendus le long
des murs beige sale. Vingt fois la même question – c'est
quand que tu viendras les voir ? Et Céline : laisse-moi
travailler, je t'en prie.

Inexorablement, les hommes de la batterie étaient
venus plonger leurs bras jusqu'aux épaules dans le
cresson glacé de la fontaine. Irrésistiblement, ils firent
ce que sans doute ils désiraient le plus, après avoir
mangé de la poussière toute la matinée, enfouir leurs
bras dans le refuge très silencieux des carpes archivieilles à goût de vase. On les avait d'abord vus passer
juste devant les trois fenêtres de la façade, ombreux de
muscles, désinvoltes, traînant leurs pieds avec cette
lourdeur particulière aux gestes de midi. Ensuite, leurs
formes avaient glissé sur la droite, et, si Céline ne les
voyait plus, elle aurait su réciter de mémoire l'enchaî-
nement des actions, les rudimentaires soins de beauté
auxquels ils s'appliquaient avant de comparaître à
table : le mouchoir à carreaux extirpant avec bruit le

résidu obscur d'une matinée de battage, le morceau de
savon glissant de main en main, déjà gris lui aussi ;
enfin, dernière candeur, le peigne humidifié qui avait
reçu mission de ratisser toujours dans le même sens, de
l'avant vers l'arrière, en sillons parallèles et compacts,
avec une émouvante absence de fantaisie.

Céline se prit à sourire lorsqu'elle les vit entrer l'un
derrière l'autre par le côté de la souillarde, et baisser
l'encolure au franchir de la porte, titubant quelque
peu, de fatigue, d'étonnement ou de bien-être. Leur
gaucherie même possédait des grâces de séducteurs de
cinéma qu'ils n'étaient pas. Ces souffles muets, gênés,
ces bonjours du tréfonds de la gorge, et ces iris
lunaires, et ce rebord des cils très noir, que la poussière
d'orge semblait avoir passés au rimmel.

Énorme, au-dessus d'eux, la panoplie des inutiles
chaudrons scintillait de tous ses feux sur le mur du
levant. Également démesurée, la table du repas était
flanquée de deux bancs longilignes à l'accès incom-
mode, qu'il fallait soulever d'une même cadence, ce
qui n'avait pas bien aidé les nouveaux venus à se
détendre, éblouis qu'ils étaient et comme fatigués par
la lumière. Heureusement, il y avait Palmyre, le bon
Palmyre qui était un peu de la maison depuis la mort
du père, et qui savait y faire pour mettre du liant, bous-
culer les garçons, les placer juste en face de leur
écuelle.

Palmyre buvait la sauce de ses carottes en respirant
comme un nageur dans les grands fonds, avec des
bruits qui invitaient son monde à le suivre. Arthur était
assis au bout le plus bas de la table, arrivé en retard, le

front étincelant sans qu'on comprît pourquoi. A l'autre extrémité, Céline ne mangeait rien, étant toujours sur pied, et quand elle daignait s'asseoir, vider son verre, c'était pour promener une attention ardemment scrupuleuse sur les figures des nouveaux.

Toute la tablée séparait donc le frère et la sœur : soit environ une douzaine de bras brunis et infléchis, quelques goulots de cruches en col de cygne, et la fumée du plat de veau. Aussi Arthur n'était-il pas sans remarquer qu'elle s'arrangeait de son mieux, dans le débordement de ses occupations, pour éviter de faire le moindre cas de lui. Deux ou trois fois pourtant, il arrivera que leurs regards s'entrechoquent, par accident ou par calcul.

Arthur guettait ces collisions avec l'éclat d'une joie altière. Lorsqu'elles se produisaient, il appuyait alors très lentement, très posément le noir de ses prunelles dans les siennes, il appuyait et enfonçait ses yeux avec toute l'insistance méthodique dont il était capable, de façon qu'elle ne puisse ignorer qu'il y pensait toujours bel et bien, à sa question.

C'est quand que tu viendras les voir, les petits lièvres, je sais que tu seras forcée d'y venir, je sais que tu seras forcée, je sais que tu seras forcée.

Elle retirait ses yeux tantôt avec vivacité, comme s'il l'avait brûlée, tantôt nonchalamment et l'air de rien. Car elle était maline.

Sur quels sujets roulait la discussion des hommes, en ce juillet torride? Étrangement, il y avait fort peu de mots pour la moisson, pour le colza ou pour la paille; tous les esprits restaient tournés vers ceux qui n'étaient pas rentrés d'Allemagne. Marcel Dumaze avait prédit

qu'aussi longtemps qu'on ne verrait pas le ciel noir
d'escadrilles américaines comme une nuée de saute-
relles, la guerre ne serait pas conclue : et c'est exactement ce qui avait fini par se produire, la guerre était
conclue, mais les garçons ne revenaient pourtant qu'au
compte-gouttes et sur le tard, fatigués, dispersés, trans-
parents à eux-mêmes comme ceux qui ne se reconnaissent plus.

Les noms de quelques-uns circulent et se répètent
autour de la tablée. Et voici que le nom de Janvier Fontaubert se faufile en maraude dans la rumeur cha-
grine ; personne ne sait qui le premier l'a prononcé. Il
s'ébruite, il circule à son tour, comme s'il avait sa place
naturelle entre les autres noms de ces jeunes gens
qu'on ne connaît presque plus, qu'on doute d'avoir
connus, et qui reviendront vieillis.

Céline se lève avec la brusquerie de l'agacement. On
voit qu'elle va parler : parlera-t-elle de Janvier ? Céline
s'est levée, comme prise d'une inspiration du ciel, et
voilà qu'elle débite un éclatant discours sur les nais-
sances de ce matin, un éclatant discours par la vertu
duquel les petits lièvres deviennent célèbres sur-le-
champ. Tous les regards s'orientent vers le bout de la
table. Arthur est atterré. On félicite l'éleveur.

Sommé de raconter par le détail son affaire, il s'exé-
cute, mais avec peine et d'une salive épaisse, sans réussir à enfourcher le grand galop radieux de sa première
annonce, lorsque l'événement encore tout chaud avait
utilisé ses jambes pour apporter jusque dans la cuisine
où Céline remuait la salade cette vision de petites
pattes mouillées, d'oreilles couchées...

Palmyre l'a regardé doucement et lui a dit qu'à son avis, moins on les tripoterait, mieux ça vaudrait pour eux.

Et c'est bien entendu exactement ce que pensait Arthur : moins on y touchera... Sauf que maintenant, chacun y va de son couplet, et chaque couplet revient à dire ce que tout le monde sait. Que les petits de lièvre ce n'est pas comme les lapereaux. Qu'ils sont fichus de s'enfiler la tête dans le grillage au premier bruit. Tellement ça a le cœur farouche. Arthur en bout de table est prisonnier de la conversation comme les levrauts là-bas sont prisonniers du cabanon et de l'enclos. Arthur supplie Palmyre de lui venir en aide, supplie le café d'être bu. Et de longues minutes plus tard, les journaliers ont repoussé enfin leur tasse après avoir léché la dernière goutte amère d'une chicorée à dix pour cent de caféine qui se buvait dans ces années de rationnement.

Les hommes se sont essuyé les lèvres d'un revers de manche, puis ils sont retournés encore plus lentement sous la vaste lumière. Dehors, le marronnier grésillait et bourdonnait à la fois, bourdonnait de chaleur, grésillait de combats larvaires qui faisaient un bruit de lime à ongles obstiné et râpeux. Arthur allait pour s'enfuir, lorsque Palmyre l'a rattrapé : Écoute un peu, dit-il, je viendrais bien les voir, tes lièvres, ils me plaisent. Et Arthur de répondre qu'il était d'accord, mais sur un ton de voix terni par la mélancolie. La mélancolie de sentir son sujet galvaudé. La mélancolie qui est comme l'eau trouble du succès.

11

L'après-midi est plus sacré que la sainte messe : Arthur pourrait-il l'ignorer ? Il convient d'éviter soigneusement toute allusion aux petits lièvres, il faudra même se garder de prendre de ces airs trop fins et entendus, qui sont les siens, parfois, quand un sujet l'occupe.

Non pas qu'à proprement parler Céline manque de temps l'après-midi : mais il y a sa danse.

Tous les après-midi, les flots de belle musique enrouée coulent comme un sirop par les fenêtres ouvertes de l'étage ; la danse de Céline est monnaie de patience ; les heures qu'elle voue à l'exercice sont plus sacrées que la sainte messe, et la sueur de son corps embaume jusqu'aux plus proches tilleuls.

Que faisait donc Arthur, pendant que la musique enrouée ruisselait sur la façade ? Il ne faisait rien, certes. Il tournait et tournait aux abords de la maison, tout en se disant qu'après cela (après la danse), elle aurait bien quand même un peu de temps à consacrer pour autre chose (et, par exemple, pour aller voir les petits lièvres) si seulement la nuit ne tombait pas d'un bloc à Montcigoux, à cause du creux qu'y font les arbres et le vallon.

Mais la musique enrouée coule comme un sirop par les fenêtres ouvertes, et quand Céline en a fini avec sa danse, et quand elle quitte le justaucorps noir, c'est pour s'aller plonger bien vite, et ruisselante, et fatiguée, dans les remous de la Dordogne.

Arthur la regardait partir sur le vélo, cheveux trempés, emportant cette saveur de réglisse sous les bras dont les tilleuls eux-mêmes se souviendraient : elle lui revenait une demi-heure plus tard les cheveux secs, les gestes raffermis, et ce n'était déjà plus le cas de la distraire une seule minute, fût-ce pour lui dire qu'il n'aimait qu'elle, qu'il l'admirait, que de ses doigts partaient comme des étincelles quand elle tournait la sauce au creux du compotier, et que la vie allait tellement mieux depuis que Janvier n'était plus là.

Ensuite, les hommes et les chevaux remontaient le vallon ; ensuite on dînait sous le marronnier, et ceux des journaliers qui restaient à dormir s'éparpillaient sous les étoiles, disparaissant chacun à sa façon dans la profonde nuit.

Pour un qui, comme Arthur, avait habitude de coucher sur le dos, la face au ciel, les nuits d'été passaient sur lui avec la bienfaisante légèreté d'un linge humide. Il ne dormait pas, certes non. C'est pas la peine de dormir lorsque le fond de l'air a des entrailles de velours comme ce soir. On se relève, on va marcher sur le gravier filtré de lune, à moins de descendre jusqu'au pré de Pierraglant où les bœufs rouges poussent de profonds soupirs méditatifs, et vont et viennent sous les pommiers, car eux non plus ne se couchent pas et n'en éprouvent aucune fatigue, pareils aux éléphants.

Mais alors, l'excès d'énervement ou le trop-plein d'allégresse amenait Arthur à accomplir des gestes dont il aurait eu honte s'ils avaient été faits devant témoins : lancer des coups de poing dans le vide élastique ; s'allonger sur le pré et attendre, en tremblant, immobile, que les massives ombres cornues approchent leur museau un peu baveux pour le humer – ô si craintivement ! En même temps, le corps d'Arthur tendu sur l'herbe devenait de glace... il fermait les paupières, abandonnait ses membres, repensant encore une fois aux petits lièvres de là-bas, en se disant à part lui-même avec douceur, intensément : j'en aurai soin... je sais y faire... j'y toucherai pas...

Et c'était vrai qu'il savait y faire.

Le lendemain, tout s'enchaîna dans un climat de merveilleuse simplicité qui confondit ses espérances. Il se leva au point du jour et observa les brumes, les falaises roses au loin, la gelée blanche sur l'herbage. Méfiant comme il était quant au succès de ses intrigues, il ne put cependant s'empêcher d'aller vite renifler sous la porte de sa sœur, et remarqua avec satisfaction un rai de lumière jaune : c'était du miel sur ses pressentiments.

Il attendit Céline à la cuisine, puis la laissa vider son bol de thé sans trop tourner autour. Ensuite, la kidnapper dans sa première indolence matinale et l'entraîner tout doux, tout doux vers le côté des petits lièvres fut une affaire aussi rondement instruite que si elle n'avait jamais eu de plus pressante envie.

Ils marchèrent côte à côte dans les étoiles filamenteuses que tissent les épeires sur la pointe coupante des tiges. Arthur était si gai qu'il faillit bien lui raconter ses folies de la nuit. Si gai qu'il ne sentait pas d'autre reliquat de l'insomnie que quelques tiraillements en patte d'oie aux commissures des joues, comme s'il venait de faire toilette avec une eau calcaire. Si gai, enfin, qu'il lui aurait bien volontiers saisi la main, tant elle lui paraissait précieusement amie, précieusement brisable, infiniment précieuse en cet instant où les levrauts allaient bientôt emplir sa vue.

Et elle les vit. Et ce fut juste exactement comme il désirait que ce soit : pelage mouillé, oreilles courtes, trottant, trottant déjà dans leur second matin d'existence, éveillés et hardis, non point comme de vulgaires lapins qui naissent laidement et nus et sont bouffis par le sommeil ; jouant, trottant près de leur mère, dans les rosaces de la Vierge qui suspendaient des loques angéliques et scintillantes à leurs fourrures ébouriffées...

Les jours suivants passèrent comme dans un rêve. Arthur était calmé, il ne tracassait plus sa sœur, il ne sentait aucun besoin de renouveler l'incitation à aller s'accroupir avec lui du côté de l'enclos. Les esprits assouvis, il somnolait l'après-midi, et dans la nuit vaquait à ses errances ou bien donnait à boire, selon d'étranges horaires, aux grands bœufs rouges, ses préférés.

Quant à la guerre, elle était bien finie. Les prisonniers qui revenaient au pays sur le tard, après des pérégrinations sans fin et des haltes non moins longues dans les gares bombardées, avaient le regard bleu de ceux que la fatigue hallucine ; mais l'essentiel était qu'ils fussent là, et, mis à part l'ombre persévérante des morts, il n'y avait que Janvier dont l'assiette était mise et qu'on attendait encore.

Les forteresses volantes de la Libération rasaient répétitivement la cime des châtaigniers. C'étaient des escadrilles fournies, de vrais virtuoses à leurs commandes, et qui disparaissaient à grand vacarme après un dernier saut par-dessus la falaise. Même pas le temps de les saluer. Il y eut pourtant une fois où les machines virèrent sur l'aile et rebroussèrent chemin en basculant au fond du cirque, où se répercuta l'écho comme de dix mille cavaliers.

A leur second passage, les journaliers qui travaillaient aux champs jetèrent leurs casquettes en l'air, et même Arthur, oui, même lui qui n'était guère friand d'aviation, brandit les bras en rigolant sur le sommet d'un mail. Puis, tout à coup, une inquiétude tardive le saisit.

Il dégringola de son observatoire, se précipita d'une traite à travers pré, plus palpitant, et plus anxieux, et plus rapide encore que le jour où ses jambes étaient venues porter la nouvelle claironnante de l'heureux événement à Céline. Il courut comme une flèche à l'enclos, s'arrêta, se figea, posa son front comme s'il était devenu myope au ras de l'herbe rêche, où les petites fourrures rouquines ne s'apeuraient plus de le voir arriver avec si peu de précau-

tions : rompues qu'elles étaient, disséminées à la surface du champ comme l'éclatement de la vie même,
inexpressives, poil hérissé, avec la mère en leur
milieu qui saignait du nez.

Maintenant, finalement, on pouvait les compter.

12

Dans les ondulations des graminées, au crépuscule, Chavès est accroupi devant Arthur. Le vent d'autan agite les plumeaux des herbes, les petits lièvres à côté d'eux sont morts ce soir, mais le chagrin d'Arthur se dissout et s'en va, se dissout et s'en va dans les ondulations de l'air tranquille.

Ils ont parlé près de deux heures ensemble, sans discontinuer. Chavès a la voix calme et questionnante d'un homme venu du fond de l'horizon ; ils ont parlé près de deux heures ensemble, les graminées s'éplument et s'échevellent au crépuscule doré.

Toutes les fois que la voix calme et questionnante de Chavès monte plus haut que la sienne, Arthur se sent ému et confondu, comme si son corps entier vibrait d'échos resplendissants.

Le vent d'autan agite les hampes soyeuses des tiges, un angélus bourdonne à une cloche lointaine dans l'air limpide, et pendant qu'ils parlaient, Arthur faisait effort afin de se rappeler quand et comment il avait vu Chavès pour la première fois : car cet homme lui évoque quelque chose.

Mais c'est en vain qu'il cherche à se souvenir. Auprès d'eux, la chapelle accroupit sa masse brune, les graminées balancent lentement leurs hampes, et le vol des hannetons tournoie comme un vertige. De sa voix calme et nostalgique qui semblerait venue du fond de l'horizon et sous son grand chapeau poudreux qu'il ne quitte guère, Chavès pose des questions.

Il ne fera jamais une allusion aux petits lièvres ébouriffés sur le champ nu, jamais une parole consolatrice : simplement, il demande à Arthur quelles sont pour lui les belles choses de l'existence. Arthur répond : l'élevage des bêtes, évidemment. Chavès insiste : à part l'élevage des bêtes, une autre chose qui vaut la peine d'exister, quelle serait-elle?

Une autre chose qui vaut la peine, a dit Arthur, c'est, les après-midi d'été, d'escalader à la force des doigts la façade ouest de la maison, et de rester de longues heures couché et suspendu dans la lumière, sans craindre le vertige, en équilibre suspendu sur l'appui d'une des fenêtres de l'étage. Voilà ce qu'il peut dire et qui lui plaît.

Et puis encore ceci : une fois couché et suspendu dans la lumière, une autre chose qui en augmente l'agrément est de quitter les souliers, de dégrafer quatre boutons de la chemise jusqu'au nombril, de clore les yeux, enfin de se laisser gonfler comme une chenille au soleil, et que personne ne se soucie du fait que le Arthur a les pieds blancs.

Chavès l'écoute avec simplicité, ne sourit pas, ne s'étonne pas. Les graminées balancent leurs plumeaux dans la tristesse du soir, la chapelle accroupit sa masse brune, et le vol des hannetons tournoie comme une valse lancinante.

Arthur se tait un court instant, mais on dirait qu'une ombre de regret se glisse dans les plaisirs qu'il nomme. Chavès demande alors si la satisfaction de se laisser gonfler comme une chenille au soleil est empêchée, est contrariée par quelque chose.

Arthur répond que oui. Par quoi est-elle contrariée? demande Chavès. Arthur répond que le meilleur moment pour se donner des aises en équilibre suspendu sur le rebord de la fenêtre est après le manger, entre deux et quatre heures; mais, fatalement, c'est aussi l'heure que choisit Céline pour investir l'étage. Et quand elle voit son frère allongé de la sorte, sans souliers, en station aérienne sur l'appui de la fenêtre, elle ne se fait pas faute de critiquer ses pieds trop blancs, ni ses manières déboutonnées.

Chavès comprend, mais il demande encore une chose. A quoi s'occupe Céline quand elle est à l'étage entre deux et quatre heures? Arthur répond qu'elle fait sa danse. Tous les après-midi.

Tous les après-midi, les flots de belle musique enrouée coulent comme un sirop par les fenêtres ouvertes. Les hommes qui sont aux champs perçoivent la musique; Chavès l'a entendue, sans doute, mais pour ce qui serait d'y monter voir quand elle se donne ainsi toute à la sueur de l'exercice, ça, ce n'est pas permis aux journaliers.

Chavès demande alors en quoi consiste la pièce de l'étage dont il parle comme d'un lieu interdit aux regards. Arthur répond que cette pièce est appelée la galerie. Chavès demande à quoi ressemble la galerie. C'est une salle immense, et froide, et sans confort, qui court d'un bout à l'autre du volume de la maison, qu'on n'habite guère, qu'on hésite même à traverser par le milieu, tant le parquet en est lustré. S'asseoir dans un fauteuil de la galerie est une idée qui ne viendrait à personne. Sur tout le mur du fond, un grand miroir carré donne l'impression embarrassante qu'une autre salle prolonge celle-ci et la dédouble dans le nulle part. Devant le grand miroir, deux barres asymétriques lissées par le travail des paumes évoquent l'effort et l'ennui des gymnases. Sur le pourtour, les dossiers de chaises, les tables basses, les cornes des patères sont emmitouflés dans des habits de vieux papier journal, ce qui ajoute encore on ne sait quoi de ralenti, de muséal et de funèbre à cette pièce infiniment trop longue.

Et cependant, Chavès devine dans les propos d'Arthur qu'il y a du charme à se tenir là : avec les six fenêtres en enfilade, avec l'orientation plein sud, le marronnier en bas. Et la galerie, malgré son inconfort sévère, devient ou redevient le cœur incandescent de la maison, tous les après-midi où Céline danse, pour peu que la lumière luise et qu'on y puisse se déchausser les pieds.

C'est là qu'Arthur occupe ses aises, en équilibre suspendu à la manière des chats. C'est ici qu'il demeure à observer sa sœur, malgré qu'elle le critique sur ses manières déboutonnées, pendant que la musique enrouée s'épanche comme un langoureux sirop le long de la façade resplendissante.

Les petits lièvres gisent éparpillés à quatre pas de
leur conversation. Tous les plumeaux des graminées
s'animent, se froissent en émettant une persistante
pâleur d'écume qui se retire. Car la nuit est tombée ; les
étoiles sont venues. Contre les mailles du grillage
butent en aveugles les hannetons. Mais, bien que la nuit
soit tombée et les étoiles venues, les deux silhouettes
jumelles de Chavès et d'Arthur demeurent à se parler,
à balbutier, à se chercher, à questionner dans l'ombre
vague des tiges mouvantes.

Chavès demande encore à en savoir. Il voudrait
qu'on lui dise quelle sorte de danse est la danse de
Céline : en quoi consiste-t-elle ? Arthur ne répond rien,
et ce n'est pas refus ou mauvaise volonté, c'est qu'il ne
sait comment décrire avec des mots, avec des mots
grossiers une certaine façon de remuer bras et jambes
plutôt dans ce sens-ci ou dans ce sens-là.

Pourrait-il tout au moins spécifier l'air, la chanson ?
Mais apparemment ce n'est rien de connu : ni l'air ni la
chanson. Rien qui ressemble aux bals d'ici, répond
Arthur. Cela parle une langue étrangère. Les instru-
ments eux-mêmes rendent un son inusité.

Chavès insiste pour en savoir plus. Alors, Arthur se
donne du mal à réfléchir, et finalement, et non sans
peine, trouve une réponse convenable : il dit que Céline
danse sur les colis du facteur.

C'est donc cela, murmure Chavès.

La voix de Chavès a ce ton plein de calme intérêt,
d'un homme venu du fond de l'horizon et qui en sait
assez pour s'endormir. Puis il se lève et prend congé,
serrant la main d'Arthur, en relevant le bord du grand
chapeau poudreux. Il lui souhaite une bonne nuit.

Et Arthur reste là, les pensées en chamade, sous les étoiles qui brillent comme des couteaux pointus au bout des doigts des arbres. Que doit-il faire, à présent ? Il va, il vient, sa veste de velours érafle les plumeaux soyeux des graminées, les hannetons ne tournoient plus, la chapelle confond sa masse brune dans les ténèbres.

Après un temps d'hésitation, il se décide à enjamber l'enclos des petits lièvres. Il va chercher une pelle, recueille sur le sol les douillettes boules de poils refroidies, enfin va les ensevelir une à une dans un endroit qui lui paraît approprié : dans la forme à fumier. Deux voyages lui seront nécessaires, tellement les petits lièvres étaient nombreux cette année-là.

Quand ils sont tous ensevelis, avec leur mère, sur la forme à fumier, Arthur crache dans ses mains et tourne son regard vers la maison d'en face, qu'on appelle les communs, où dorment maintenant les journaliers. Et à nouveau, il fait effort pour se rappeler quand et comment il avait vu Chavès la première fois.

Soudain son souvenir confus s'éclaire. Neuf mois plus tôt, autrement dit l'été qui précéda la fin de la guerre, un cavalier dont le front jeune grisonnait de lassitude était entré dans Creysse le soir de la fête votive. Au vu de tous, il avait quitté ses souliers, s'était avancé sous la halle, et, bien que visiblement recru de fatigue, le cavalier surgi de nulle part avait dansé, superbement, sur ses pieds nus, crasseux et merveilleux qui envoûtaient tant de gamines.

Et maintenant, Arthur pense à Chavès qui dort dans les communs, à la conversation de tout à l'heure dont il souhaitait qu'elle ne finisse jamais, à l'inconnu de l'an dernier qu'on n'avait plus revu par la suite. La nuit est tiède et désirable, le vent d'autan fait respirer les graminées comme une marée. Arthur murmure, le souffle court : « J'ai un ami... J'ai un ami... » Et, à ces mots, son corps s'échauffe et vibre autant qu'un carillon de bronze.

13

Les journaliers campaient dans les communs d'en face, entre les tas de pommes de terre et sur des lits superposés : un jour prochain, ils partiraient. Et ce jour venait vite, trop vite au gré d'Arthur, qui se sentait énormément excité par la présence de ces individus qu'on connaissait à peine, par le climat qui en résultait, cette ambiance d'hôtellerie saisonnière, de bivouac illicite, les turbulences et les menaces réelles ou supposées, le frisson secret qu'il en éprouvait, car on lui avait dit que certains de ces hommes étaient des repris de justice.

Mais l'été avançait vers sa fin ; les journaliers allaient partir. Avaient-ils une femme qui les attendait au pays, avec laquelle ils couchaient ? Une sœur qui leur préparait un lit moins dur que celui des communs ? Autant de dangereuses questions sur le pourtour desquelles l'esprit d'Arthur s'agitait, spécialement lorsque septembre, octobre arrivaient, et qu'il regardait à la fois les ouvriers préparer leur baluchon, les hirondelles se rassembler entre les pylônes, et le ciel hier bleu s'obscurcir.

C'est généralement dans ce moment de rupture et de malaise que les orages éclatent. Il y a d'abord deux ou trois soirs particulièrement irrespirables, où les vapeurs touffues pendent au ras du sol comme le pis des brebis. Tout devient lourd et obstrué. On remâche l'air sans réussir à l'avaler. Et cela peut durer de la sorte aussi longtemps que dure la cérémonie des au revoir, avec, au fond de soi, cette accablante pensée que la vie s'étalera désormais sans secousses ni surprises jusqu'à l'année prochaine, le long des silencieux repas où le frère et la sœur resteront face à face.

Les journaliers vont s'en aller. Une dernière fois, ils ont trempé leurs bras jusqu'aux épaules dans le cresson de la fontaine, ratissé leurs cheveux en sillons parallèles, tire-bouchonné un coin de mouchoir pour se démaquiller de l'urticante et charbonneuse poussière qui donne à leurs cils des ombrages de cinéma. Enfin, toujours aussi timides, dégingandés, sans femme et sans histoire, ils sont venus se mettre une dernière fois derrière les bancs inconfortables de la cuisine, se sont désaltérés et rassasiés, avant de toucher leur salaire de la main de Palmyre.

Mais, à l'instant où ils retraversaient la cour sous les nuées noires pour fumer une dernière cigarette à l'orée du hangar, un grand fracas vint annoncer qu'on ne plaisantait plus, et la canicule maladive entra brutalement dans son agonie.

A trois reprises, cet après-midi-là, l'orage planta sa corne dans le rideau des arbres. Au premier zigzag de l'éclair, les troncs gris des mélèzes et des rouvres parurent littéralement s'écarter, révélant ce que d'habitude il était impossible d'observer d'ici, à savoir la petite route bleuâtre qui allait de Creysse à Bouttières, et on distingua même sur celle-ci un malheureux facteur en bicyclette qui faisait le gros dos et se hâtait tant qu'il pouvait.

Ce n'était qu'un début : la deuxième encornade du bélier obligea tout le monde à courir aux abris, car, simultanément, l'averse se précipitait en remontant depuis le fond de cet œil sombre et dilaté comme une amande, qu'on voyait se durcir de minute en minute dans le creux du vallon.

Mais, au troisième claquement, la scène se transporta dans la prairie qui descendait sur le Loudour : un peuplier fut pris en torche, on crut le voir soulevé de terre, déraciné, exécutant une rotation indescriptible sur son axe, avant de retomber debout, noirci et net comme un os, ayant perdu jusqu'au souvenir des cicatrices de son feuillage.

Arthur était recroquevillé sous le toit à débord du hangar parmi les journaliers immobiles. En regardant l'orage dégringoler à larges gouttes avec une sorte de famine furieuse, d'obscurs messages sifflaient à ses oreilles : il se rappelait d'avoir songé très peu de temps auparavant que Janvier reviendrait au domaine en passant sous les ramures nues d'un arbre calciné.

Et c'est alors que le facteur se matérialisa dans toute son évidence. Voûtant l'échine, dégoulinant, arc-bouté, il prit en catastrophe le virage gravillonné dans la dernière fraction du raidillon, passa l'abreuvoir et les bambous, avant de piler juste en s'essuyant le front devant les marches : sur son porte-bagages arrière on voyait un colis détrempé, fixé par des tendeurs.

Les yeux d'Arthur buvaient le spectacle amèrement, jusqu'à la lie. Une tristesse sans nom le submergea à nouveau, tandis que sa sœur là-bas ouvrait tout grands ses bras, comme si elle rendait grâce au courageux commissionnaire. Les journaliers regardaient aussi, mais ils ne pouvaient pas comprendre : ou tout au plus riaient-ils du cruel amusement que leur procurait la vue d'un homme qui venait de recevoir le gros de la nuée sur son paletot.

Arthur pensait : Janvier n'est pas revenu, mais le facteur est là, ce qui est presque la même chose.

La preuve : il suffisait de regarder Céline, oh comme elle était heureuse, resplendissante, avec ses mèches mouillées! Quel redoutable entrain elle mettait à se saisir du paquet, dont ses ongles, aussitôt, déchiquetaient le carton d'emballage, sans plus d'égards pour les timbres de collection qui se trouvaient dessus et qu'elle chiffonnait. Des timbres grands et lumineux comme des vitraux d'église : oiseau-mouche, *beijaflor*, *piriquitos*, orchidées tachetées et sanguines aux corolles sexuelles, mais ce n'était pas cela qui l'intéressait, la maline! Avec des yeux de louve et de fringale, avec des gestes sûrs et caressants, elle extirpait de la pochette un objet plat, fragile et circulaire, dont elle s'empressait de vérifier qu'il n'aurait pas reçu quelque fêlure, ou éraflure, ou mauvais coup, dans le très long voyage du Brésil jusqu'ici.

Le cœur d'Arthur se serre; le cœur d'Arthur est humilié. Il ne lui restera plus, tout à l'heure, pour sa consolation, que d'aller fureter au fond de la poubelle parmi les épluchures de rave et de fenouil, chercher,

chercher chagrinement les restes chiffonnés de l'orchidée ou les débris multicolores de l'oiseau *piriquito*, la ficelle, l'écriture, les mystérieux tampons transatlantiques délavés par la pluie ; tous ces colis oblitérés qui se succèdent pour dire à leur façon l'amour du frère aîné, et dont chacun contient invariablement le même talisman noir – un disque de musique qui désespère Arthur.

14

Les trombes d'eau noyaient la terre, après l'avoir battue comme un tapis. La cour surabreuvée crachait des bulles par tous ses orifices et dégorgeait le long des deux chemins en pente : si bien que le départ des journaliers, donné sans cesse pour imminent, fut reporté au lendemain. Ils acceptèrent l'invitation que leur fit la maîtresse de maison, de prendre leur souper encore une fois à Montcigoux, même si d'autre part elle avait dû les prévenir, en s'excusant, que ce serait un repas chiche, avec du lard, les restes de midi, du pain qui n'était plus craquant mais mou d'humidité, et des boîtes de pâté qu'on ouvrirait pour l'occasion. Puis, quand d'un geste machinal Céline pressa l'interrupteur, elle s'aperçut que la lumière restait muette, et son sourcil se fronça en direction de l'abat-jour à crémaillère qui pendait au-dessus de la table.

L'orage avait brûlé les munitions, coupé les fils, comme un voleur qui se prépare à faire un mauvais coup. Le tout dernier dîner de cette série de soirs si différents de l'ordinaire serait donc par la force des choses un buffet froid et aux chandelles ; la cuisine ressemblait à une grotte, où des ombres alignées lapaient avec des bruits canins leur écuelle frugale.

Les journaliers devaient partir, ils sont restés. Ce dîner d'ombres autour des lampes à huile, entre les murs brillants de sueur glacée, ne met en joie personne, et même hérisse la peau de quelques-uns, mais il ranime au cœur d'Arthur une antique et vivace espérance. Lui seul se prend à souhaiter que le lendemain, le surlendemain, d'autres calamités en chaîne instaureront un état de siège délicieux. Il rêve à des promiscuités d'étable, il se rappelle avoir connu des neiges d'un mètre de haut qui calfeutraient le monde chez soi. Et puis, si les plombs ont sauté, le gramophone Excelsa aura le bec cloué, ce qui revient à annuler momentanément les conséquences de la visite du facteur. Autrement dit, pense encore Arthur, non seulement les journaliers devront rester une nuit supplémentaire, mais il n'est plus à craindre que Janvier se manifeste sous cette forme particulièrement insidieuse qu'est la musique de l'étage supérieur.

La pluie tombe à torrents lorsque les hommes vont se coucher : ballet de flammes, de capotes et de silhouettes, auquel met fin un couvre-feu précoce. Arthur épie un certain temps encore les confus grincements qui sont la mélodie qu'il aime dans les communs d'en face : une toux épaisse de célibataire, la complainte d'un ressort de sommier, à quoi répond la double note catarrheuse du cri de la chouette blanche.

Le lendemain, bien entendu, rien ne se passa selon ses espérances démesurées ; mais il en avait pour ainsi dire l'habitude, et ce qui l'étonna plutôt, c'était que tout se déroulait en fin de compte non pas plus mal, mais *beaucoup mieux* que ses prévisions les plus optimistes, empruntant des voies qu'il n'avait pas soupçonnées.

Pourtant, les journaliers étaient bel et bien partis, cette fois (ils avaient quitté le domaine dès l'aurore, en groupe, à pied, d'un pas aussi tranquille qu'irrémédiable, et tous ensemble ils disparaissaient, s'évanouissaient avec une sorte de lenteur particulière et solennelle, dans le mystère de leurs provenances variées...); mais, comme la vague qui se retire laisse émerger à l'improviste un rocher nu, voilà que se révélait au bout de ce départ une nouveauté qui stupéfia Arthur. La nouveauté tenait dans le fait que Céline et Palmyre s'étaient mis d'accord pour conserver un ouvrier quelques semaines ou quelques mois en plus : jusqu'à la Noël, avait dit Palmyre. Et celui qui avait été par eux sollicité de rester se tenait là, coudes sur la table, acceptant de bon gré semblait-il cette prolongation d'embauche... C'était tout simplement Chavès.

La vie d'Arthur est transformée, la vie d'Arthur est bien meilleure depuis qu'il sait qu'on va garder encore un temps son seul ami, son ami de cœur, son préféré... Oui, la vie d'Arthur prendra un autre tour dorénavant. Déjà que c'est pour lui que l'on maintient l'élevage des bœufs, quoi qu'il en coûte, et c'est certainement une nouvelle fois pour lui, par gentillesse et par scrupule à son égard, que Céline et Palmyre ont fait à Chavès des conditions spéciales.

Il réfléchit, à la recherche du moyen de démontrer à

sa sœur combien il est sensible à ces dispositions. Et il conclut que ce serait d'une grande habileté de sa part s'il ramassait, mettons, un panier de truffes, et qu'il allait ensuite les déposer devant la chambre de Céline.

L'idée des truffes lui est venue précisément parce qu'il déteste les ramasser, et qu'elle le sait, et lui en a fait plusieurs fois le reproche. Aussitôt dit, aussitôt prêt : il va sous les chênes, il s'accroupit. Au début, le labeur monotone ne lui demande rien qu'une concentration accrue de son esprit. Mais la terre se révèle malaisée, ravinée par l'orage et recouverte de feuilles pourries ; tout se présente de la même couleur brun sale. Ce n'est pas une affaire bien facile que de chercher ces sortes de prunelles flétries dans la putréfaction des végétaux et sur un sol qui se dilue entre les doigts.

Il cherche des truffes pour sa sœur. En même temps, et par analogie, il ne peut s'empêcher de penser à l'or étincelant que prospecte Janvier pour le compte des Mines générales brésiliennes, se demandant si le précieux métal gît dans la boue lui aussi, s'il se récolte également à la fatigue des mains. Il cherche des truffes, des truffes, il ne doit pas l'oublier. Par intervalles, se rendant compte qu'il commence à ramasser n'importe quoi, il rectifie la trajectoire en jetant la moitié du panier. Les ongles de ses doigts sont noirs comme des ergots de porc ; ses yeux se mouillent de larmes à force de discernement extrême. Il ne lui faut jamais perdre de vue que ce sont bien des truffes qu'il collecte, non point cailloux, ni feuilles, ni brindilles, ni les pépites du Brésil enfermées dans leurs gangues opaques... La ville où est Janvier s'appelle Ouro Preto. Ouro Preto, cela veut dire Or Noir...

Voilà que ses pensées recommencent à se confondre. Elles forment dans sa tête un écheveau tellement brouillon que le travail ne peut plus suivre. Et puis, il y a déjà une heure qu'Arthur plie les genoux sous les chênes bas; cela suffit, c'est bien comme ça, quand même s'en revient-il avec un panier qui n'est somme toute qu'à demi plein.

J'en connais une qui sera contente.

Mais quand Céline a découvert le contenu gluant de boules informes posées devant sa porte (elle se trouvait précisément dans la galerie, vêtue du justaucorps de danse, car la lumière était revenue et le disque tournait comme avant), son premier cri en les voyant a été :

– D'où sors-tu ces saletés?

– Des truffes des bois, a répondu Arthur.

Le frisson du duvet de sa lèvre supérieure, la crispation de son regard, le choc du pied contre l'osier, tout cela témoignait d'un mépris si voisin du dégoût, qu'Arthur aurait été en droit de se demander s'il n'avait pas ramassé par erreur des bébés taupes ou des sangsues. Mais la preuve – tout de même – que le monde adoptait envers lui des couleurs moins méchantes depuis la bonne nouvelle de ce matin, la preuve en était que Céline se borna à rendre le panier d'un geste retenu, en lui disant sans inutile persiflage d'aller jeter cela dehors; et lui qui, normalement, aurait dû en être malade jusqu'au soir, il préféra penser avec philosophie qu'il porterait les truffes en cadeau d'estime à Chavès, certain d'avance que le journalier les accepterait.

De fait, Chavès était dans la cour. Il exprima tout de suite une attention des plus sérieuses pour la récolte du panier, faisant tourner très savamment entre le pouce et le majeur les boules à l'apparence de terre. C'étaient en fait des pelotes de rejection.

Il les porta sous le filament d'eau de la fontaine : une fois lavées, la glaise se détachant par plaques laissa apparaître quelque chose qui tenait de la balle de tennis et du nid de mésange : un tissu de fibrilles complexes ayant forme de sphère. Et le monde était rond, subtil, intelligent comme ces pelotes, lorsque Chavès se donnait la peine de l'expliquer à Arthur.

Ils étaient assis sur le muret de la fontaine, le panier de récolte les séparant. Les jours s'écoulent, ils sont assis, et pareillement chaque jour d'entre les jours suivants, rien n'empêchera qu'ils viennent s'asseoir à cet endroit si tel le souhaite Arthur et si le veut Chavès, et il y aura entre leurs pieds le même crapaud obèse et pustuleux transpirant sous l'abri du muret en attendant la fraîcheur du soir. Au moins jusqu'à Noël, puisque Palmyre l'a dit.

Quelquefois, s'éveillant d'une torpeur, Arthur regardait son compagnon et lui demandait avec une grande et forte conviction : la Noël, ce n'est pas pour demain, pas vrai ? Non, répondait Chavès, ce n'est pas pour demain. C'est après la Toussaint et après l'Armistice ? demandait Arthur. C'est largement après, souriait Chavès.

Ils étaient assis sur le muret de la fontaine, et tout allait bien pour aujourd'hui, le marronnier perdait ses premières feuilles, les mélèzes jaunissaient à peine. Tout allait même beaucoup mieux qu'avant, et cependant Arthur se rendait compte que le leitmotiv incantatoire consistant à chanter que tout allait mieux qu'avant ne résumait pas, ou résumait mal l'entièreté de la nouvelle situation. Parce que s'asseoir avec Chavès sur le muret de la fontaine et recevoir son instruction, ce n'était quand même pas la même chose que de se laisser gonfler comme une chenille au soleil, en équilibre suspendu dans l'encadré d'une fenêtre.

Les jours s'écoulent, ils sont assis, l'existence d'Arthur est comme tirée vers le haut depuis qu'il a pour éclaireur cet homme si plein de science, dont il imite avec une jalousie farouche jusqu'à la façon de marcher, jusqu'à la façon de peler sa pomme.

– Toi, dit Arthur l'observant de fond en comble, on voit que ce n'est pas le blé et l'orge qui t'intéressent. Ce n'est pas la moisson ni les foins. Il y a autre chose. Pourquoi est-ce que tu es venu te louer chez nous?

Il espérait et il craignait, il espérait et il craignait que l'autre ne lui dise : la fête votive, l'été dernier, les lampions sous la halle de Creysse, le ravissement émerveillé de toutes les gamines quand arriva cet inconnu montant une jument lasse, avec son chapeau gris, et qui dansait de telle façon; puis les longs mois d'hiver durant lesquels Chavès entendit certainement dans la brume du cirque comme les relents d'une autre fête, la musique enrouée et lointaine d'un bal invisible. Et le désir, enfin, de s'approcher tout doucement de cette rengaine perdue en venant proposer ses services au domaine...

Mais Chavès n'a rien dit de semblable. Sa seule réponse, c'est qu'il serait venu se louer poussé par l'impression très favorable que produisaient en lui les arbres de Montcigoux, leur majesté et leur munificence.

Et tout en parlant de la sorte, Chavès avait coupé un rameau de la parure dorée des mélèzes. Sur les troncs crevassés, l'écorce jeune laissait voir l'écorce vieille qui était d'un beau rouge tirant vers le brun. Le mélèze, dit Chavès, possède une cime pyramidale comme le premier venu des sapins, mais c'est seulement aux approches de l'automne qu'il se distingue soudain avec éclat des autres conifères. Sans les mélèzes, disait Chavès, qui donnerait à vos montagnes ces couleurs fantastiques? Après le mois de mai déjà, disait-il, les fleurs femelles s'allument comme des lampes minuscules, d'un rouge intense et violacé. Et Chavès ajouta que pour l'usage en menuiserie, les planches de mélèze étaient un vrai bonheur, parce que sa résine qui suinte par les troncs s'étend comme un vernis épais, referme les fissures, rendant son bois idéalement imperméable à l'air comme à l'eau. Et Chavès dit encore que le bois de mélèze serait le plus parfait des bois, si seulement, et par malchance, il n'était pas si prompt à s'enflammer.

Arthur ne retenait pas le quart ni le dixième des leçons de chaque jour sur le muret de la fontaine. Mais quand bien même il en eût conservé moins que le quart ou le dixième d'une parcelle, quelque chose dans son être se purifiait, s'affinait, s'améliorait au contact de cette voix.

Le marronnier venait de perdre ses derniers marrons. Quelque chose dans l'être d'Arthur allait s'améliorant, tandis que le crapaud obèse auprès de leurs pieds transpirait en attendant l'ondée du soir. Lorsqu'on voyait maintenant marcher Arthur, on aurait dit un conscrit scrupuleux qui s'appliquait à régler son pas cadencé à côté d'un autre soldat plus mûr en expérience. Il portait mieux sa tête, il ne voûtait plus le dos, n'avait plus la hanche torve ; et, heureusement pour lui, la Noël était encore loin.

Chavès possédait aussi un violon dont il ne jouait jamais, un bel instrument qu'il avait entièrement façonné de ses mains, tel Stradivarius, mais qui restait toujours pendu à balancer contre la gourde à eau sur un des flancs de sa jument.

D'où venait donc cet homme, de quel pays ? Arthur ne le savait, mais d'insolites comparaisons, des rapprochements inusités commençaient à se frayer une lumière dans son esprit. Il finit un jour par le lui demander, à quoi Chavès répondit que le hasard lui avait donné naissance dans un village près de Cauterets, département des Hautes-Pyrénées. Arthur devint pensif, et dit :

— Mon père aussi, il était de par là.

Puis, en songeant tout à la fois à l'un et à l'autre, aux métiers du bois, aux arbres, à la Bigorre natale, à Chavès et à son père, il ajouta avec véhémence : alors, on peut t'appeler cagot ? L'autre, d'abord, ne répondit rien, puis, se montrant intrigué tout à coup, il demanda à Arthur ce que celui-ci entendait dans ce mot. Arthur répondit qu'il donnait au mot cagot la signification que tout le monde lui donne, façon de dire : menuisier, bûcheron, ou quelque chose d'approchant. Eh bien, déclara Chavès, si tu l'entends dans ce sens-là, mettons que j'en suis un.

Le marronnier avait perdu ses feuilles et les mélèzes étaient d'un jaune vif resplendissant sur le vallon. Les aiguilles tomberaient à leur tour, les plus sèches tombaient déjà ; ils parleraient encore autant de jours que la saison leur en accorderait, et à la fin ils s'étonneraient que la Noël soit arrivée si vite.

15

Palmyre ayant fixé comme terme au contrat de Chavès la dernière semaine de l'année, cette échéance avait
paru normale à tout le monde pour se libérer d'un
journalier en supplément, non pas seulement parce
que cela donnait un compte rond sur le calendrier,
mais pour la raison que, passé les fêtes, on en aurait
fini de la très longue fatigue que représentait le gavage
des oies.

Le gavage des oies était une chose qui n'amusait personne ; et Palmyre, et Céline ne purent que se féliciter
d'avoir gardé pour l'occasion un homme qui acceptât
d'assez bonne grâce d'y tremper les deux mains,
d'autant qu'Arthur faisait savoir depuis longtemps déjà
qu'il refusait absolument de se rendre utile. C'était le
dégoût d'Arthur que ce gavage. C'était son cauchemar
et son dégoût, voilà ce qu'il disait. Lui qui soignait si
volontiers et plaisamment les lapins, les moutons, les
chevaux ou les bœufs, toutes les bêtes en général, on ne
devait certainement pas compter sur lui quant à la
nourriture des oies. Il y avait du reste des gens pour ne
pas comprendre cela : qu'il aimait à soigner les mou-

tons ou les bœufs, mais qu'il abhorrait de gaver les oies.

Pendant les deux longs mois que durait la corvée d'engraissage, il se tenait scrupuleusement éloigné de l'action, évitant autant que possible de pousser la porte grinçante de tôle ondulée qui menait au parcage. Là, toute la journée, de grosses femmes rougeaudes serraient les oies entre leurs cuisses et leur moulinaient la pâtée de maïs par un entonnoir qui s'enfilait dans le cou jusqu'au tréfonds de l'estomac. A cinq heures du matin, les grosses femmes sont déjà là, qui gavent, qui gavent. A midi, même chose. A la tombée du jour elles gavent encore. Et un moment viendra où elles gaveront y compris la nuit, se relayant à l'entonnoir, selon des horaires de plus en plus resserrés et frénétiques – jusqu'à l'engorgement final de l'oie.

Arthur appréhendait surtout l'horrible agitation qui s'emparait de la maisonnée dans les dernières semaines, lorsque le foie de l'oie prend une dilatation faramineuse, cinquante grammes par jour, que l'œil de l'oie adopte une teinte mouillée et jaunissante si caractéristique des affections de bile. Que l'oie enfin ne se lève plus. Que ses besoins se font sous elle, et que toutes les femmes nuit et jour sont aux petits soins autour des palmipèdes à bout de force, parce qu'il est souhaitable de les étouffer au moment juste, c'est-à-dire le plus tard qu'on pourra, mais pas trop tard non plus, sans quoi la bête fait une hémorragie interne et son foie gras mais éclaté ne vaut plus rien.

Dans ces extrémités pathétiques, Arthur évitait donc soigneusement d'aller rôder du côté du parcage, interdisait à sa curiosité, interdisait à son esprit, à son regard, à ses genoux de le porter en direction du lieu maudit. Il fit pourtant une exception à cette règle l'année où Chavès était là, et consentit à allonger le nez plusieurs fois de suite dans l'atmosphère excrémentielle qui imbibait le réduit obscur. En général, Chavès était tout à sa tâche et lui tournait le dos. Pouvait-il ignorer combien Arthur lui faisait grief de sa trop flexible adaptation, de son acquiescement, de son peu de révolte face au supplice dont il participait – lui qui parlait avec des mots si doux à sa jument?

Mais Chavès lui tournait simplement le dos; d'ailleurs ce n'était pas lui qu'Arthur était venu voir lorsqu'il poussait la porte menant au réduit. Il observait plutôt l'œil des oies, couleur d'huile, ce baromètre humide dans lequel il pouvait lire, en même temps que la certitude de leur fin prochaine, l'imminence du départ de Chavès, une chose entraînant l'autre par un lien fatal de cause à effet.

Ce Noël-là, cent vingt foies gras stérilisés ont été mis à la conserverie, ainsi que cent vingt cous farcis enrobés dans la graisse, et les montagnes de plumes revendues au bourrelier, dans une tenace et radicale odeur de volaille ébouillantée. La besogne est finie, mais c'est comme si les murs, le vent, les nuages et l'air s'en souvenaient encore. Bien des semaines plus tard, chaque assaut de la brise glacée soulève et fait tourbillonner une irritante tempête de duvet blanc qui s'insinue dans les jointures des portes, tandis que les humains hibernent et que les chiens éternuent...

Et maintenant Chavès devrait inexorablement partir : mais, contre toute logique, il reste là. Les jours s'écoulent et Chavès campe sur ses positions. Il est utile sans être indispensable ; il mange à midi, il soupe le soir. Il ne lève pas un pied.

Puis voilà quelques signes qui ne sauraient tromper. En premier lieu, et ce n'est pas la moindre des nouveautés, le grand vide sonore qui s'est abattu tout d'un coup sur les communs d'en face, Céline ayant pensé qu'il n'était pas bien digne d'héberger un homme seul, en hiver, dans ce castel venteux qui n'est château que pour les rats.

Il n'empêche : le déménagement de son ami causa au cœur d'Arthur une déception sournoise. La règle, c'est la règle, pensait-il ; on n'avait jamais vu un journalier franchir en ligne droite le carré symbolique de la cour, dormir comme un dieu dans un lit à deux places, avoir pour agrément du papier peint et des rideaux, des encres, des fusains et des gravures animalières de l'autre siècle signées Rosa Bonheur, telle que se présentait effectivement la chambre du pignon, dite « chambre rouge », que Janvier avait autrefois ornementée lui-même avec un soin particulier.

Les semaines passèrent. Les ciels neigeux et les grands froids coupants : Chavès avait mis des chaussons dans ses bottes.

Sur la pelouse du devant, deux palmiers symétriques et frileux étiraient indéfiniment leur cou de girafe, qui surmontait un pied éléphantesque fait de nodosités calleuses et grises, comme des pignes de pin ou des écailles d'ananas : le printemps viendrait dire si les palmiers étaient morts ou survivants. De l'autre côté, briques et ciment stérilisaient les plaies des chênes, muraient leurs cavités énormes issues de vieillesse ou de foudroiement, tandis qu'à cent pas au-dessus de ces cautères grimaçants, les sublimes ramures supportaient tranquillement tout l'orbe du ciel sur la pointe de leurs doigts.

La forêt était nue et Chavès la soignait.

Bientôt il commencerait la taille d'avril sur les arbres fruitiers, à quelques centimètres en deçà des bourgeons d'enfourchure qu'on appelle des « yeux » : car les arbres, eux aussi, ont des yeux, comme la soupe au chou quand elle est grasse.

La présence permanente de Chavès avait quitté le règne de l'explicable et du tangible, pour épouser lentement une autre configuration. Recevait-il encore un salaire ? Et à quel titre ? Et jusqu'à quand ? Lorsque Chavès se réveillait de son sommeil de dieu à sept heures du matin et poussait les volets de la chambre rouge, Arthur, qui baguenaudait déjà dans la rosée des prés, le voyait : voyait le blanc de son maillot de corps et les pivoines de sa serviette éponge, voyait ses bâillements, ses clignements d'homme repu, voyait ses gestes stables – tout cela produisant sur lui (sur lui qui était dans la rosée des prés) une impression étrange et désolée. Et il pensait encore une fois, avec étonnement, qu'on n'avait jamais vu un journalier faire couler son bain dans la baignoire en céramique de la maison des maîtres.

Mais ce n'était là qu'un début : et par exemple, vers la mi-mars, il y avait un jour spécial convenu d'eux seuls, où Céline et Palmyre s'asseyaient face à face au salon après avoir refermé la porte derrière eux, pour établir les comptes d'exploitation de l'année écoulée. Habituellement, Arthur avait alors quartier libre, et, retenu inapte aux difficultés de l'arithmétique, il était comme un écolier qu'on laisse à la récréation. Sa sœur signait pour lui. Elle ne manquait pas de lui livrer plus tard l'état de la situation, avec un sérieux et des scrupules jusque dans la gorge auxquels il n'était point habitué, qui lui faisaient sentir qu'il possédait aussi sa part dans ce vertige de décimales.

Rigoureusement immuable, la cérémonie des comptes était un acte clos comme un baptême de secte : pourtant, cette année-là, une troisième chaise à dossier haut fut ajoutée autour de la table de bridge du salon, on poussa l'encrier, les papiers, et *le simple journalier* Chavès reçut le droit de célébrer à côté de Céline et Palmyre la liturgie des pertes et des profits. Resté dans la cour, Arthur ne voulait pas y croire...

Il trouvait là l'aveu flagrant et l'éclatante confirmation de toutes les craintes, de tous les mauvais rêves, de toutes les incertaines suspicions qui s'agitaient depuis assez longtemps déjà dans le gouffre de son estomac. Et, pour une fois, la liberté traditionnelle dont il jouissait le jour du bilan lui était en trop, la bienfaisante immunité des écoliers ne l'intéressait plus, l'embarras douloureux de ses gestes inutiles flottait autour de lui comme un vêtement trop ample.

Il ne savait que faire, et cherchait le moyen d'interrompre le colloque des trois par une action d'éclat et d'envergure. Aussi, faute d'une meilleure idée, il escalada à l'énergie du poignet la gouttière de la façade, courut et sauta en menant grand tapage sur les tuiles moussues du toit : mais c'était davantage par un besoin de soulager les fibres de ses nerfs à vif que dans le but de se faire voir.

Redescendu sur la terre ferme, et après s'être expressément griffé les paumes aux saillances des silex, il fit alors ce qu'il faisait toujours en pareil cas, il tourna et tourna dans les parages de la maison, sans pouvoir s'arrêter, sans pouvoir s'éloigner, comme si le centre de celle-ci avait été ensorcelé. Il tourna jusqu'au soir, la tête vide, ainsi qu'il le faisait dans les pires circonstances de tristesse et d'ennui, lorsque Céline venait de recevoir le matin même un colis du facteur, et qu'elle dansait, là-haut, revigorée d'une fièvre neuve, toute à sa fête...

16

La cérémonie du bilan annuel étant terminée, Céline s'était levée la première, avait étiré son corps en laissant venir une brise désaltérante par la porte-fenêtre du salon qui donnait sur la pelouse aux palmiers. Elle vérifia dans un soupir que le palmier de gauche ne donnait pas signe de résurrection, mais les verges d'or verdissaient, et les courageux crocus éclaboussaient la solitude de l'Est.

– Que fait le garçon? avait demandé Chavès.

– Rien, dit Céline. Il tourne. Comme l'empereur Charlemagne.

– ...?

On avait raconté aux enfants Fontaubert, quand ils étaient à l'âge du cours moyen, la vieille légende selon laquelle Charlemagne aurait été épris de la reine Pédauque, jusqu'à en perdre la raison. Soit dit en passant, Pédauque, en gascon, signifie « pied d'oie », ce qui allait comme un gant à cette reine dotée paraît-il de pieds palmés, et qui suscitait l'enthousiasme du monde entier au spectacle de ses prouesses natatoires dans les eaux de la Garonne. Ainsi, l'empereur passant par là s'énamoura de la nageuse, lui fit sa demande, et l'épousa en justes noces. Mais quelque temps plus tard elle mourut...

– Ne me regardez pas de cet air. D'ailleurs c'est une histoire curieusement macabre, et je m'étonne que nos parents me l'aient racontée quand je portais des tresses et des socquettes blanches. La reine Pédauque après sa mort dormit toute une semaine dans le lit de l'empereur. Il n'y avait pas moyen de faire autrement : car la tendresse, l'adoration qu'il avait eue pour elle de son vivant ne voulait point diminuer, ne pouvait se résoudre à la pensée des funérailles. Les conseillers de Charlemagne, s'étant avisés que la chambre d'apparat exhalait des relents de plus en plus nauséabonds, cherchèrent à déjouer le charme qui ligotait ainsi l'empereur. Ils découvrirent que c'était une bague que la reine portait à son doigt. On profita d'une chasse à courre pour enlever l'anneau et le jeter au fond d'un lac. A son retour, brutalement désenivré de ses songeries, le souverain s'épouvanta de la fétide odeur et de la créature qui gisait sur son lit. Il commanda de tout ouvrir en grand, il dit qu'il ferait bien une autre promenade pour se rétablir le sang : et on le vit partir tout droit vers le lac, autour duquel il se mit à décrire des cercles, et des cercles, et des cercles...

– Dans mon pays, commenta Chavès, la reine Pédauque est supposée avoir été mariée au roi Salomon.

– Je ne sais pas, dit Céline. Je voulais seulement exprimer ce qu'évoque pour moi une certaine façon de tourner...

Les jours passaient, mais bien des fois encore on retrouva Arthur en proie à cette ambulation giratoire, qui n'avait d'autre but apparent que de poser ses pas prochains dans ses empreintes anciennes. Mû par deux forces contradictoires dont il était le jouet, dont l'une le dispersait loin de la maison pendant que l'autre le captait vers l'intérieur, il gravitait sans fin, satellisé, sur le pourtour de ce cerceau, et avec lui tournaient les quatre points de la rosace des vents, la valse de ses hésitations et le vague nébuleux de son âme.

Quand, un après-midi, une petite lueur terrible s'alluma dans sa conscience, à force de tourner. Il pensa tout d'un coup :

« Elle a un amoureux ! »

Ses jambes ne marchaient plus, son pouls battait à peine. Il releva le front vers les fenêtres ouvertes de l'étage, où ne ruisselait plus le sirop enroué de la mélodie d'antan, mais une autre harmonie malhabile et correcte. C'étaient les crispations de cordes et la rengaine râpeuse d'un archet. C'était Chavès qui jouait ! Oh comme il eût souhaité ne jamais en avoir le cœur net...

Et tout glissait si vite, si vite dans cette surnaturelle netteté ; les réflexions d'Arthur étaient devenues de virtuoses gymnastes aussi souples que lianes, habiles à établir le lien manquant, le rapprochement brutal ou la comparaison inédite... Dans un éclair d'intelligence à rebours, depuis l'instant où son oreille avait saisi le son du violon s'envolant par les fenêtres (le violon de Chavès, le petit instrument d'acajou qu'il revoyait aussi se balancer et tintinnabuler contre la gourde à eau sur le flanc de la jument...) – dès ce moment, il commença à enfiler très vite à leur collier de significations toutes les perles rondes de tant et tant d'anomalies qui déformaient la symétrie des jours.

« Elle a un amoureux... »

Les souples tresses de ses pensées circonscrivaient maintenant toutes sortes de conjonctures curieuses auxquelles il n'avait guère prêté attention de prime abord, et, parmi celles-ci, voilà que s'imposait à son esprit un événement si improbable et si ténu qu'il se confondait plutôt avec une absence d'événement : à savoir que, depuis un certain temps déjà, les visites du facteur s'espaçaient... Pourquoi cela ? Panne des voiries transatlantiques, bateau vapeur figé dans quelles contrées glaciaires, raréfaction des effusions, blocus sentimental, timbres mouillés, encre mouillée, plumes mouillées de l'oiseau *piriquito*... Quel nom convenait-il de donner à cet étiolement des rythmes, cette bicyclette plus lente à revenir que le passage aléatoire d'une comète ?...

« A moins tout simplement que le postier ait attrapé un rhume », s'était-il dit par plaisanterie, lorsqu'il réalisa qu'on ne l'avait plus revu monter le raidillon de l'abreuvoir depuis bientôt six mois. Et lui qui était tout sauf un garçon doué pour l'humour, il regardait sa sœur par en dessous et lui soufflait, en encochant les incisives dans un talon de pain bis :

– Si j'étais que toi, j'y porterais des oranges, au facteur...

Céline ne cillait pas sous l'algarade : les flèches de
son frère manquaient tout de même un peu d'élan, de
plomb, de vive et belle cruauté. Et puis il aurait pu
s'apercevoir (mais il s'en rendait compte maintenant)
que, pour guetter les rythmes inconstants de la mes-
sagerie, elle-même n'avait plus de ces acidités de caractère toute la matinée, ni des lourdeurs de jambes passé
midi, qui la laissaient vaincue et cramoisie au bras d'un
des profonds fauteuils de la galerie... L'après-midi également, elle ne perpétuait plus le même culte de gar-
dienne de flamme près du gramophone Excelsia,
lequel, se sachant moins surveillé, égrotait comme une
personne ancienne, donnait l'impression de mouler du
sable au lieu de fredonner des notes, et dont la pointe
de diamant désajustée par la poussière ripait sur le sil-
lon de vinyle...

« Elle a un amoureux !... »

Là-haut, par brèves saillies, la pointe de l'archet
trembleur évoquait une antenne de blatte qui frétille
hors d'un mur ; il en conclut avec dégoût que Chavès
avait eu l'audace de s'asseoir en équilibre sur l'appui
de la fenêtre, exactement à cet endroit nourri par le
soleil qu'Arthur affectionnait, et qu'il ne disputait
qu'aux matous de gouttière... Alors, il se poussa pour
prendre du recul de manière à savourer le portrait
complet de son imposteur : le grand chapeau cassé
contre l'à-plat de l'embrasure, les cheveux longs sous
le chapeau, la blondeur, le nez de profil, les bottes
retroussées, la dégaine nomade. Et le rustique violon,
l'instrument enfanté de ses mains par un type ignorant
à peu près entièrement le solfège, mais qui savait assez

les arts du bois pour faire aussi chanter le bois...

« Elle a un amoureux !... »

Et le spectacle de cette nonchalance virile sur le rebord de la fenêtre était si imposant à son regard qu'il oscillait, lui, entre la jalousie émerveillée, une captation haineuse et mimétique, le désir d'égaler, de surpasser, le souhait contraire de s'engloutir et de mourir – la peur surtout, tapie comme un renard en boule dans les alvéoles profondes de son ventre.

« Un amoureux... Un amoureux... »

Le lendemain, Arthur vit sur la corde à linge tendue près des bambous le justaucorps de tulle noir que Céline venait de rincer à l'eau claire : c'était un impudique petit pavois triangulaire festonné de broderies à l'anglaise, crispé contre le fil au moyen de deux pinces, et que le tiède soleil d'avril faisait fumer à peine.

Il contempla avec rancune ce qu'il tenait pour une pièce à conviction, la souple et frémissante étoffe à mailles polygonales, couleur aile-de-corneille, sur laquelle il ne manquait plus que de dessiner une tête de mort à la craie blanche ; ainsi aurait-elle ressemblé tout à fait à l'emblème des corsaires.

« Le justaucorps et le violon sont amoureux l'un de l'autre... »

A cette pensée rien moins que saugrenue, et tout en balançant mentalement des têtes de mort sur le petit étendard noir, une sorte d'énorme rire silencieux lui convulsa les côtes, il riait, il riait, encore que pas la moindre expression de rire ne voulût se former sur sa face restée imperturbable. Bientôt les spasmes de gaieté s'ensevelirent sous les sanglots, et il pleura de la

même façon qu'il avait ri. Les traits de son visage semblaient rêver ou être ailleurs, y compris sa bouche en
ovale d'où s'échappait un faible chuintement peiné,
une sifflerie de ballon d'air crevé.

A table, il retrouva spontanément des habitudes perdues depuis bientôt sept ans. Il se laissait glisser du
banc et portait son assiette avec lui pour s'aller réfugier
tout près des braises du cantou, sur le tapis à chien, à
l'endroit le moins digne, le plus chaud, le meilleur. Il
enfouissait son verre de vin dans les cendres couveuses, il rebuvait ce vin violâtre et tiède des souvenirs
d'humiliation – Céline ne disait rien –, il s'approchait
du feu de l'âtre jusqu'à l'extrême limite du support-
able, les escarbilles voltigeuses faisaient des trous à
son tricot – et Céline ne disait toujours rien.

17

La décision qu'on avait prise sans lui, et qui l'intéressait au premier chef, lui fut communiquée par la bouche de sa sœur au début de juin, une indolente matinée de celles dont il reconnaissait la tiédeur parce qu'elle venait fourmiller dans les tendons de ses genoux et le suppliait de partir, de courir... Ce matin-là, il avait passé son temps à débusquer les nids dans les buissons griffus du causse, mais à son retour, sur le coup de onze heures, il devina immédiatement qu'un épisode d'une gravité particulière se préparait, lorsque Céline lui commanda de l'accompagner au salon... Au salon! Il obéit, il la suivit, tout essoufflé, et soupirant, et la tignasse humide encore, dans cette pièce où il ne pénétrait pour ainsi dire jamais, dans ce monde de cristal, d'illusion, d'encaustique et de lustres à clochettes, où les chaises étaient droites comme des i, caparaçonnées de cuir avec des bouclons dorés, et où trois horloges ensemble sonnaient la débandade quand ils entrèrent.

Elle lui fit signe de s'asseoir et apporta une bouteille. Pendant qu'elle essuyait, debout, le sable brun collé à l'étiquette moisie, Arthur tremblait déjà de peur, et, sous la doublure molletonnée de son blouson, ses deux pouces réunis caressaient, comme une manière de conjuration, les œufs de caille à mouchetures jaunes et grises sur lesquels il fondait justement tant d'espoirs, en ce maudit matin. Espoir d'un élevage nouveau, supputation des chances de voir éclore bientôt sous le croupion stupide des poules, qui s'y laisseraient prendre, de si jolis poussins bigarrés...

— Eh bien voilà, finit par dire Céline après avoir mouillé ses lèvres à la surface du vin. Chavès et moi, nous allons te quitter. Pour un certain temps. Il faut y réfléchir. Pour quelques mois. Pas tout de suite, bien sûr, après l'été, après les blés. Je veille à tout. Je n'oublie rien. Sois tranquille.

« Faut pas que je la regarde », pensait-il.

Par chance pour lui, le papier peint du salon était un somptueux spectacle à soi seul. On y voyait un fourmillement de personnages en procession dans les périls d'une végétation démesurée — plateaux d'offrandes, casques luisants, guerriers à la peau mate de Maures ou d'Espagnols, Indiens nus qui tiraient à l'arc, torrents de montagnes enjambés par des lianes, sentes vert sombre, éruptions volcaniques, crépuscules écarlates — et tout cela courait et s'enchaînait d'un bout à l'autre des quatre murs du salon, étalant la vision bienheureuse d'un univers qui n'aurait eu ni commencement ni fin...

« Ils vont partir... Elle me l'a dit... J'en étais sûr... »

— Tu n'as d'ailleurs aucune raison de t'inquiéter pour nous, poursuivit-elle. Je ne dis pas que le trajet sera d'un grand confort, tout ce que nous avons trouvé de moins cher est un cargo vapeur en partance de Bordeaux le quinze septembre...

Ainsi, la date était fixée!

– ... via Lisbonne et les Açores. Le genre de bananier qui autrefois portait jusqu'au Brésil des blocs de pierre du Portugal et ramenait à son retour des fruits, des bois précieux, que sais-je. Les pierres étaient le lest et elles servaient aux missionnaires pour édifier églises ou hôpitaux... Eh bien, nous servirons de lest nous aussi, avec nos malles nous remplacerons les pierres... Tu m'écoutes?

Il ne l'écoutait pas, certes non. Il avait honte pour elle et préférait encore se détourner, comme on le fait quelquefois, par gêne ou par regret, quand une personne qui vous est chère malgré tout tient des propos que l'on condamne intérieurement.

« Mais alors... si elle s'en va... si tous les deux s'en vont... qui me donnera à manger? S'il n'y a plus personne... et quand je tomberai malade, qui me soignera? et si la maison brûle? et si je deviens fou? Est-ce qu'elle y a pensé? Est-ce qu'elle peut faire une chose pareille? »

– Quant à toi... Je ne crois pas que tu doives trop souffrir non plus de notre... arrangement. Tu seras peut-être un peu égaré, un peu tourneboulé dans le premier moment. Comme la chienne, tu nous chercheras... Des repères nouveaux à trouver... Mais ce n'est pas ce que j'appelle une atroce et profonde déchirure, comparable à celle que nous t'aurions causée par notre imprudence fautive si nous avions fait la bêtise de t'emmener avec nous... pour ainsi dire de force... à travers une mer sans limites, qui remue, qui balance, qui s'enfonce... Imagine que tu tombes malade en bateau ?...

« Elle comprend rien. Elle est maline... Tout ce qu'elle dit, c'est pour le mettre à l'envers... Elle croit que je m'aperçois pas que c'est tout à l'envers... »

– Ton seul travail au quotidien sera le soin des bêtes. Tu les tueras ou les vendras à échéance exactement comme tu l'entends, je sais que pour cela nous pouvons te faire confiance. Quoi d'autre ? La femme de Palmyre viendra chaque midi préparer tes repas – celui du soir, tu le réchaufferas toi-même. Une fois par semaine, elle emportera ton linge de lit et ton linge de corps. Sois certain qu'elle le fait de bon gré. Et puis tu pourrais même en profiter pour devenir un peu moins casanier et sauvage. Il y a les Dumaze qui te veulent du bien, chez lesquels tu ne dois pas hésiter à rendre des visites de courtoisie si quelquefois, comme c'est possible, l'isolement te pèse.

Elle regarda son frère, mais lui ne la regardait pas. Les yeux d'Arthur se réfugiaient dans un merveilleux lac immobile, translucide et mauve-rose, qu'il apercevait suspendu entre les montagnes vertes, juste sous la rainure du plafond.

« Je vais me foutre à la Dordogne. J'irai jamais chez les Dumaze. Toutes les bêtes, je les laisserai crever. C'est fini. C'est réglé. Faut plus compter sur moi. »

– As-tu des questions à poser ?

Il remua la tête en signe que non.

Elle estima sans doute qu'il n'y avait pas lieu de

s'attendrir davantage, et se versa en récompense un autre demi-verre de vin qu'elle consomma avec des soupirs méthodiques, dès qu'Arthur fut sorti. Car elle avait craint de sa part une réaction violente, mais Dieu merci, rien de tel n'était arrivé : il l'avait écoutée bouche bée. Et cependant elle n'était pas sereine. Elle l'observa de loin par une des croisées et le vit écarter tristement les deux pans de son blouson, s'agenouiller devant les verges d'or, extraire de sa poitrine une épaisse masse gluante et filamenteuse dont elle finit par reconnaître que c'étaient tout bonnement des œufs ; des œufs qu'il transportait sur lui et qu'il avait inconsciemment réduits en miettes pendant qu'elle lui parlait...

Pour les autres consignes matérielles, rien ne pressait. Du reste, elle avait pris tous les accords avec Palmyre, et s'il restait quelques ajustements mineurs à établir, elle se promit de les lui distiller un à un, au fil du temps, afin qu'il s'accoutume par cette pédagogie parcimonieuse à évaluer les contours de sa future vie de garçon seul.

Une semaine après leur entretien, elle lui montra comment on protégeait la cuve à fuel avec des paillassons en laine de verre (car il arrivait, certes rarement, mais il arrivait tout de même quelquefois que le carburant gèle par des moins vingt). Lui, il ne retint qu'une chose de la leçon : c'était qu'elle lui souhaitait précisément de traverser des froids terribles... Un autre jour, elle lui parla presque négligemment du nettoyage à faire dans la souillarde au printemps suivant ; les animaux des bois, les hérissons ou les belettes venaient s'y tenir chaud et on les retrouvait morts de faim, encastrés derrière le placard à bocaux. Mais ce nettoyage-là se faisait en mars, en avril... Ce qui voulait dire qu'elle ne supposait pas être revenue avant au moins... Il se perdait dans les abysses du calendrier.

Plus inquiétant encore : elle trouva nécessaire de lui indiquer la trousse à pharmacie, et le moyen de s'administrer soi-même, en cas d'urgence, le vaccin contre les morsures de reptiles. Il l'écouta avec une religiosité pleine d'effarement, essayant de se rassurer en pensant qu'elle faisait allusion aux vipères de cet été-ci, non pas les autres évidemment, non pas les vipères de l'été qui viendrait ensuite...

La canicule flamba sur les collines comme un rapide mirage. Les journaliers étaient de retour, les nuits redevenaient légères, une congrégation de main-d'œuvre célibataire nichait à nouveau derrière les fenêtres des communs d'en face, à la lueur vacillante des briquets et dans un concert de toussements suffoqués qui survolaient l'air tiède. Pourtant, ce qui l'avait captivé et excité si fort dans l'atmosphère des années anciennes (le parfum de danger, l'idée que lui, Arthur, était un peu la sentinelle de sa sœur, que s'il ne dormait pas, c'était pour la défendre crânement contre les appétits rugueux d'une colonie d'hommes-loups dont on ignorait tout, jusqu'à l'état civil, et dont certains avaient peut-être fait de la prison), ce piment énervant de ses nuits d'autrefois avait beaucoup perdu de sa belle brûlure, sans qu'il comprît pourquoi.

Plus rien n'était pareil, plus rien n'était reconnaissable. La maison subissait de navrants chamboulements. La galerie de l'étage, avec ses fauteuils emmaillotés comme des poupons dans les éditions récentes de *La Dépêche du Midi*, prenait maintenant les blêmes apparences d'une consigne de gare, vers laquelle convergeaient des provisions accourues de toutes les armoires à la fois, d'autres qui remontaient du rez-de-chaussée, ou même du sous-sol, soudain happées par la lumière. Il y avait une lessiveuse en zinc exhumée du cellier, des théières, des cafetières qui brillaient, et puis des pots de confitures, des collections de cintres, des caisses de livres et de vêtements...

Céline en oubliait sa danse. Elle n'avait plus une seule minute pour le loisir, trop occupée au tri, au remuement de toutes ces reliques qui empruntaient l'escalier sur le dos de Chavès. Mais il faisait bien beau dehors, pouvait-on l'oublier? Un ciel avenant et raffermi, couturé sur ses franges par les pointillés mouvants des hirondelles, un bloc d'azur si tentateur que Céline s'arrangeait quand même pour sacrifier au réconfort de la baignade en fin d'après-midi.

La bicyclette dégringolait rituellement par le chemin des aunes. Quand elle avait disparu au tournant du séchoir à tabac, Arthur qui la suivait des yeux sentait se réveiller les mordillements dans le gouffre de son ventre. Il ne pouvait pas s'empêcher de penser que c'était aussi l'heure, justement, où les hommes fatigués de manger la poussière descendent se fraîchir dans l'eau. Et il aurait absolument voulu se renseigner sur ce détail, savoir enfin si son coin de rivière à elle et leur

coin de rivière à eux étaient le même, s'il n'y avait pas
un peu d'embrassades en douce de ce côté-là... Mais
elle faisait en sorte de lui confier toujours une tâche qui
le tenait au piquet. Le gaz à surveiller, une volaille à
plumer...

C'est à la fin du mois d'août qu'une première carriole vint prendre livraison des malles. Longtemps
après, on entendait encore la lessiveuse en zinc qui battait la mesure contre les ridelles, au pas des chevaux,
sur la route de Martel. Arthur se recroquevilla un peu
plus dans son fatalisme. Il ignorait entièrement Chavès,
comme s'ils n'avaient jamais été amis. L'œil en biais,
les sourcils rapprochés, il jouissait du malaise que pro-
voquait sur une tablée nombreuse son stratagème de
boire le potage assis tout seul dans l'angle de la cheminée.

Il y eut une deuxième charrette huit ou dix jours
après la première; la galerie se vida, les murs semblaient plus hauts et résonnaient comme des ogives,
tandis que les carrelages étaient salis par les oiseaux.
Personne ne comprit jamais pourquoi tant de fauvettes
et de geais bleus firent des circuits dans la maison en
ces jours anormaux.

On observait de plus en plus souvent Arthur déam-
bulant, un seau en main, autour des reines-claudes. Il
dévorait les prunes sur place, ou bien les emportait aux
cabinets. Une colique grandissante roucoulait sourde-
ment dans son abdomen, à mesure que la date approchait. Il maigrissait. Il était seul. Il ne souhaitait qu'une
chose, c'était qu'on en finisse au plus vite.

Le départ solennel eut lieu le douze septembre mille

neuf cent quarante-six. Enfermé aux toilettes, Arthur ne se leva qu'une fois pour embrasser sa sœur sur la joue, puis retourna se réfugier en hâte, tremblant, les fesses serrées, dans le réduit humide où s'épanouissait du lierre par la lucarne. Il avala encore avec gloutonnerie la moitié d'un seau de prunes. Il perçut la criée des charretiers, le sifflement d'un coup de fouet, le bref rire trop aigu de Céline cramponnée au timon, puis le tonnerre des quatre paires de sabots brisant impunément la caillasse sur le chemin de Bouttières – tandis que la tête lui tournait et que ses entrailles se liquéfiaient.

Il était seul : il le resta huit ans.

18

– Et cependant la vie a continué, que je sache. Vous ne vous êtes pas jeté dans la Dordogne une pierre au cou, comme vos propos le donnaient à entendre. Vous n'avez pas laissé périr les bêtes. Vous n'êtes pas devenu fou de solitude, d'ennui ou de rancune, lui demanda Cyprien Donge bien des années plus tard, un jour où il grattait sa toile à la pointe du couteau pendant que le voisin l'épiait par-dessus l'épaule.

– Vous voulez rire.

– Marcel Dumaze m'a pourtant dit que, le soir qui suivit le départ, les claquements de carabine et les bris de carreaux s'entendaient jusqu'à l'autre bout de la commune...

– J'allais pas rester dans les cabinets, blagua sombrement le voisin.

De fait, il en était sorti avec une assez grande vivacité dès que l'attelage s'était perdu derrière les maïs. Il avait en main une Winchester ayant appartenu à son père, qu'il manœuvrait grosso modo comme une canne à pêche, et dont le recul, à tous les coups, lui mortifiait la mâchoire. Mais sa colère gardait quelques scrupules : il se contenta donc de mettre à mal la chambre de Céline et un peu celle de son amant. Avec l'application d'un enfant de chœur étouffant les cierges, il prit en joue et dégomma la veilleuse de chevet, le paravent en soie à queues de colibris, un sphinx, des flacons de toilette, des babioles. Et les carreaux. Il réserva un sort particulier au lit, qu'il lui fallut débiter à la hache avant de l'offrir en pâture au feu de cheminée, lequel s'en trouva rassasié pour trois jours. Y prenant goût, et se disant « tant que j'y suis... », il brûla de même les tentures, les rideaux, le fauteuil, une partie du mobilier de la chambre rouge, ce qui lui permit, chacun des soirs suivants, de réchauffer ses pieds transis sur les chenets, en regardant s'amenuiser les résidus confondus des deux pièces ennemies.

Après cela, parole, il resta sage.

Les mois passèrent, et les années. Un hiver, deux hivers, trois hivers... Une étendue de dénuement et d'abandon qui ne pouvait se comparer dans la chronique familiale qu'à l'expansion tout aussi insolite de l'absence de Janvier, parti du domicile depuis bientôt sept ans. La démesure des Fontaubert n'agissait jamais que dans le sens de la lenteur. Céline aurait-elle fait naufrage au large des côtes américaines qu'il n'en aurait rien su, car il n'attendait d'elle aucun courrier et s'était persuadé en outre de ne plus la revoir, ni elle ni Janvier enterré dans son or, ni Chavès qui comptait pour du beurre, qui n'avait jamais été son amant, et ne représentait que le mobile dont elle s'était servie pour se donner le courage d'affronter l'Océan.

Oui, il avait fini par comprendre cela : que tous

étaient comme morts. Que sa sœur lui léguait en partant l'immensité de Montcigoux. Qu'il en était le roi, maître absolu de ces hectares. Éternellement.

Il se découvrit une âme de constructeur. Le pigeonnier était délabré : refaire un coffrage et un toit, consolider les fondements, façonner une échelle à vis qui permettrait d'atteindre au second niveau par l'intérieur, fermer les trous d'envol par des châssis en guillotine, ce fut sa cathédrale à lui, à laquelle il dédia peut-être autant d'enthousiasme et de tourments que les foules médiévales qui s'abîmaient les mains aux flèches de Chartres. Avait-il déjà oublié le temps de naguère où, moins intelligent que maintenant, la vue des arbres lui suggérait seulement l'envie de les serrer étourdiment entre ses genoux, de monter sur leur cime et de s'y suspendre la tête en bas?

De temps en temps, il se disait aussi : C'est pas le tout de flemmarder chez soi. Faut que je voie du monde.

Et, quelque chose de printanier l'ayant saisi, comme un besoin de fraternisation, il coupait une branche d'aubier et se mettait en marche par les chemins, agité et ému.

En principe, il formait la prévision que ses pas iraient aboutir au Loudour, mais il était si transporté par cette bonne pensée de « voir du monde » que, passant devant le Loudour, il ne s'y arrêtait pas, ce qui l'entraînait à poursuivre beaucoup plus loin, jusqu'à la ferme des Bouscarel, parce que celle-ci marquait en somme la limite du pays praticable et qu'il n'en savait pas de plus éloignée où l'on pût se rendre à pied. Aussi ne se tenait-il plus de joie en apercevant le fils Bouscarel debout sur son pressoir, une pompe de graissage à la main, tandis qu'un enfant blond jouait aux billes sur la terre battue. Oubliant même de les saluer, Arthur communiquait tout de go à ce voisin lointain la disposition dans laquelle il se trouvait de travailler pour lui. Et c'était bien le hasard s'il n'y avait pas des fûts à cercler, une porte de cave vermoulue, un râteau qui perdait sa denture. L'homme l'emmenait à son établi, en n'oubliant jamais de dire, avec une affectueuse simplicité : « Tu t'y entends mieux que moi... » Décoré de ce compliment, assailli d'un vertige devant la rangée des équerres, des gouges, des scies accrochées le long du mur, il ne pouvait plus se permettre la moindre défaillance. Bouscarel, débonnaire, se retirait, mais l'enfant blond accroupi dans les copeaux haussait vers Arthur ce regard plein de riche espérance qu'ont les garçonnets de sept ans pour les gestes d'un frère plus grand.

Jusque-là, Cyprien Donge avait tenu toutes ses promesses. Il avait négligé ou déplacé des rendez-vous, attrapé l'autoroute en pleine nuit, quand ce n'était pas le Capitole, sans autre raison sérieuse que celle de venir embrasser avant l'aube les joues roses du Quercy endormi. Il pensait découvrir une campagne sous le gel : ni feuilles ni fruits, des ramures noircies. Mais à peine avait-il monté la petite route que, pour démentir ces idées artificielles, le plaqueminier lui tendait ses bras, auxquels étaient suspendus, vrais lampions de Noël, les kakis qui s'écrasaient au sol, formant une nappe de confiture phosphorescente.

Toutes ses promesses? Non, il lui restait encore un vœu à accomplir : c'était de ramener un jour l'enfant à Montcigoux, convaincre Nicole de leur donner cette confiance, de les laisser fuir l'un avec l'autre. Ainsi, un matin d'avril où il était assis sur la pierre grise du marronnier, Arthur Fontaubert leva la tête en entendant klaxonner le boucher-taxi de Souillac; il hésita d'abord, puis, dans sa barbe mélancolique, un sourire s'exprima, car il voyait descendre du véhicule non pas Cyprien Donge comme il se l'était supposé, mais deux Cyprien d'inégale hauteur, fortement ressemblants, et qui se donnaient la main...

Le sourire circonstancié du voisin Arthur était ce même sourire qui avait à tort effrayé Nicole une année auparavant. Rien de méchant dans ce sourire, et surtout rien qui s'adressât à elle ni à sa chemise de nuit : c'était plutôt une sorte d'extase à fleur de lèvres, une émotion indescriptible, un sursaut de l'être entraîné soudain vers le jour par la présence inattendue du petit.

Le miracle que venait d'accomplir l'enfant à son insu eut pour preuve que, le soir même, Arthur s'arma de courage, et, sans doute au terme d'une méditation qui n'avait pas dû être bien gaie ni facile, il vint cogner du poing contre la porte du vestibule. « Voilà, dit-il, je vais vous raconter l'affaire jusqu'au fin fond... » Peu s'en fallut qu'il n'ajoutât : «... sur la tête du petit! »

Jusqu'alors, les fragments de récit que Cyprien Donge avait pu récolter, il les tenait pour l'essentiel du couple des Dumaze, d'Henriette et de Marcel dont la conversation hivernale avait un bon parfum de bûche enfumée. Mais le morceau le plus aride était resté en suspens. Il s'abattit d'un bloc, l'espace d'une soirée, dans le halo trop blanc de la lampe à crémaillère, sans fioritures et sans autre secours que les rasades de ratafia que Cyprien versait au voisin pour endiguer et humecter sa délivrance...

... La tyrannie d'Arthur sur la maison et le domaine de Montcigoux avait duré huit ans. Huit années magnifiques pour lui, sans fâcherie avec personne, sans embêtements, sans maître, entouré seulement de l'affection des animaux qu'il nourrissait, de quinze pièces inchauffables, et d'une paix décidément royale. Mais, un matin de l'été cinquante-quatre, le bruit d'un moteur fendilla tout à coup le vernis silencieux des choses, et une auto noire glissa dans la légère brume avant-coureuse, couleur de lait, qui stagne quelquefois sur les bords de la Dordogne...

Les petits fantômes
sous la terre

19

Il en passait bien quelques-unes tous les jours sur la route de Bouttières, davantage le samedi, en général le bruit suivait une courbe ascendante qui inquiétait d'abord tout le bas de Meyronne avant d'aller semer l'émoi et l'interrogation dans les bourgs de l'autre versant ; mais cette fois-ci, chose rarissime, le ronflement ténu, au lieu de s'estomper dans les confins, accomplit une brusque montée en puissance qui signifiait clairement qu'elle venait de tourner court après le poteau télégraphique et qu'elle était pour s'engager dans le chemin herbeux et raide qui va vers les bambous de Montcigoux.

En effet, une minute plus tard les pneumatiques crissaient sur le gravier, et la traction s'immobilisa dans une mélodie d'avertisseur, soufflant de la buée par d'espèces de branchies latérales.

Une portière s'ouvrit et le chauffeur mit pied au sol. Une autre porte pivota sur ses charnières, libérant pêle-mêle un genou, un soulier pointu, des bas de résille, une capeline à souples et larges bords, enfin toute une présence hypothétique qui aggrava singulièrement le malaise d'Arthur. S'étant jeté à reculons, il réfléchit, dégringola de son coin de fenêtre habituel – mais non sans avoir eu le temps de contempler avec stupeur le véhicule, le coffre arrière bombé, luisant, la longue courbe élégante du marchepied se relevant sur l'aile, les deux globes oculaires proéminents, l'assemblée des malles sur la galerie, pourvues d'étiquettes impénétrables à son regard.

Tout en reboutonnant sa chemise, il traversa vivement la pièce et se buta deux fois au coin des tabourets Empire ; ébloui, tâtonnant, il contourna la boule de la rampe : c'est dans cette partie la plus ténébreuse de l'étage que les voix éclatantes du dehors l'assaillirent.

– Y a du monde ? entonnait jovialement le chauffeur.

– Arthur !

Ces appels, ces élans qui transperçaient l'espace et l'épaisseur des murs, comme le cri des martinets... Huit années souveraines, les plus belles de sa vie...

– Je suis là... (Oh, que son timbre était misérable !)

– Où, là ?

– Je descends...

En quatre bonds sans grâce l'escalier se trouva dévalé, le vestibule franchi et la lumière atteinte, mais ensuite... Ensuite il avança tout droit, les yeux rivés à terre. Il s'approcha de cette automobile qui lui avait paru extravagante vue des hauteurs – mais dont il n'aimait pas, sentie de près, l'odeur de coussins neufs et de calandre tiède – tandis que les questions dans son esprit battaient de l'aile comme des papillons blancs. De grands « pourquoi ? » figés et muets qui se

cognaient, tournoyaient et tombaient d'une chute infi-
nie au fond de son pauvre cerveau.

Blême de concentration, Arthur coula un regard
oblique sur l'arrivante.

– T'as vieilli, lui dit-il à la fin.

Espérant que cela suffirait.

Mais il s'aperçut vite que non, ça ne suffisait pas. Ce
qu'il cherchait à exprimer, peut-être, c'était : pourquoi
là, comme ça, sans prévenir, dans une matinée aussi
radieuse, dans la chanson du plein été, un jour où les
abeilles elles-mêmes étaient ivres ?... Pourquoi maintenant plutôt que l'an dernier, hier, demain, jamais ? Et
les papillons blancs de ses pensées s'affolaient et tournaient...

C'est alors que la chance accepta de l'aider en intro-
duisant un de ces malentendus providentiels, une
diversion presque comique qui semblait faite exprès
pour libérer les corps et les esprits de la torture des
retrouvailles.

Il s'était passé la chose suivante : Céline, dont la joue
ronde et fatiguée avait la couleur de l'abricot sous le
bord ombragé de la capeline, s'était accroupie près de
la statue du négrillon de leur enfance, et, avec la main
réunie en cornet, elle voulut rappeler à la chienne les
bons vieux souvenirs en lui soufflant de l'air par les
narines. Mais quelque chose clochait et elle s'en rendait
compte ; la bête restait méfiante, les doigts de Céline
s'embrouillaient, se compromettaient, devant cette
petite truffe humide, reconnaissable et pourtant différente. Elle l'appelait doucement par son prénom : la
chienne geignait comme une sentimentale, à reculons.

Non, ce n'était pas Micka, cette nerveuse doublure, copie conforme jusqu'au rappel de la tache argentée qui s'étoilait sur l'os frontal; celle-ci s'appelait Sarah, fille de la fille d'une autre étoile d'argent sur un autre front que Céline avait pressé souvent entre ses mains, mais qui était morte de vieillesse comme meurent toutes les étoiles; et l'aplomb de Céline fut tout de même ébranlé lorsque son frère fit défiler ironiquement cette cascade de généalogie canine. Arthur ne se contentait pas de savourer la méprise. Le trouble de sa sœur lui redonnant des forces et de l'élan, il trouva finalement le moyen d'affûter une question qui, pensait-il, ne pouvait pas manquer de faire un petit effet.

– Alors comme ça, où-ce qu'il se cache, l'Américain? On peut le voir? Il arrive quand?

Céline se rembrunit à peine. Contemplée de très près, il était visible qu'elle avait eu grand chaud en voyage, et la poudre des routes que ses yeux avaient bue, malgré l'usage réitéré des coins de mouchoirs, agrandissait leur éclat, pendant que sa chair continuait à sentir la toilette hâtive des rivières, le crottin des chevaux, peut-être même, en remontant plus loin, le vaste hâle du Nouveau Monde ou la fumée du bateau à aubes. Elle se montra tout à la fois exacte et allusive, répondant que Janvier et elle s'étaient quittés la veille à Bordeaux, mais qu'il serait là d'ici cinq ou six jours. Il l'avait priée de ne point l'attendre et de rentrer la première, désireux de séjourner quelque temps en ville « pour y mettre au sûr ses affaires ». Rien de plus normal.

Arthur en déduisit qu'il s'agissait évidemment de

l'or, que Janvier en ramenait plein ses sacs, et il imaginait un frère vieilli, fourbu, rapiat, courbaturé, au regard d'aigle, ouvrant extatiquement ses baluchons sur les comptoirs d'acajou des notabilités bordelaises en costume croisé, lesquelles allaient accueillir cet or, le transmuteraient, le déposeraient à l'ombre fructifiante des instituts de crédit...

Que raconter de plus? Que ce fut une journée adorable. Que les tilleuls, les châtaigniers et les chênes verts soutenaient sur le bout de leurs doigts tout l'ovale du plus clément des ciels. Céline avait pris le parti d'ignorer délibérément ce fagot de rides qu'elle voyait zigzaguer entre les sourcils d'Arthur. Comme jadis, elle se pencha sur la vase velue et grumeleuse de la fontaine, et comme jadis elle vit apparaître en transparence une de ces carpes lentes dont le profil évoquait l'épave d'un galion. Elle retrouva dans la souillarde la demi-gouttière en zinc qui s'abouchait idéalement à l'orifice de la source, et put remplir un seau très frais pour y tremper l'un après l'autre ses pieds bruns. Puis elle les laissa sécher, sans les essuyer, sur les feuilles précocement tombées du marronnier, qui partageaient avec son épiderme une belle teinte de caramel brûlé.

Elle avait goûté les premières reines-claudes acides et les dernières groseilles à maquereau qui poissent aux doigts. Pour un observateur étranger à la famille, elle serait apparue attachante comme une convalescente rescapée d'un grand mal, encore hantée d'un doute sur la véracité du monde, et qui n'a pas de plus précieuse envie que de vérifier la substance des choses par le toucher des sens.

Mais le soleil disparaît vite à Montcigoux, même en été. Lasse de bonheur (inquiète?), Céline manifesta le souhait de retrouver sa chambre de toujours, d'y défaire ses bagages et de préparer sa nuit. Arthur lui fit savoir nettement et rondement que si c'était là son envie, il valait mieux y renoncer tout de suite.

– Et pourquoi donc?

– J'ai fait quelques saloperies, dit-il avec un calme coupable.

Nul ne saura jamais quelle fut la réaction première de la jeune femme, quand elle vit s'étaler à ses pieds le spectacle ulcérant et odieux. La porte de la chambre, en partie démolie, avait été assujettie par des lattes en croisillon. Un filet d'air sentant la pourriture et le ranci ventait dans le défaut des joints. Debout et seule, après avoir forcé l'entrebâillement (son frère ne l'avait pas suivie), il est probable qu'elle ne remarqua d'abord qu'une lumière jaunâtre se déversant sur des déchets sans nom, sur les nids de souris, sur le pipi des fouines, sur une végétation tantôt malingre et tantôt prolifique, qui s'étaient répandus en couches successives par-dessus les reliefs d'un saccage déjà vieux de huit ans. Mais ce que l'on peut tenir pour sûr est que la scène suivante se déroula sans cris, ni pleurs, ni aucun commentaire. Céline était étrangement inerte, et c'est dans un silence de tombe qu'elle accepta, froidement, l'idée du pigeonnier qu'il lui proposait en échange.

A neuf heures et demie ils se mettaient au lit, chacun pour soi : lui, sous l'abri de ces murs qu'il considérait plus ou moins comme inséparables de son être, car il y dormait depuis sa naissance; elle à l'autre bout de la propriété, par-delà l'étable, le séchoir à châtaignes et le chemin des aunes, dans une tour carrée percée d'issues à peine plus grosses que son poignet.

Il pouvait être onze heures lorsque la chienne qui s'était affaissée contre la hanche d'Arthur marmonna dans un rêve. Aussitôt assis, plein d'éveil, il enfila à tout hasard ses souliers, puis il se mit à réfléchir laborieusement. Quiconque l'avait connu tel qu'il était devenu au fil des années, avec sa barbe, avec ces rides pareilles à des empreintes d'éclairs pétrifiés dans l'intervalle des sourcils, aurait pu en déduire que la méditation de cet instant n'était pas simple. Ou plutôt, si : de pénible et d'informe qu'elle était quand la chienne l'avait tiré du sommeil, son entreprise intellectuelle se simplifiait de minute en minute. La simplification irradiait les neurones d'Arthur, pendant qu'il finissait de lacer ses godasses. Le dépouillement d'une décision enfin réduite à sa rugosité minérale la plus nue, sans que pour autant le fagot de zébrures sur son front consentît à s'estomper.

Arthur se mit en marche ; il traversa la grande cuisine, sortit par le côté du vestibule, déambula les poings serrés en s'étonnant de voir le ciel privé de lune, sans autre boussole ni repère que celui que constituait l'amphithéâtre des arbres, au centre duquel un peuplier déchaussé exhibait sa racine luisante comme un aspic.

Dans l'échappée, à gauche, qui permettait de deviner le fond du cirque, il aperçut le champ des tournesols qui dormaient tête en bas – et dormait également toute l'échelle des espèces vivantes, dormaient les grillons sous les pierres, dormaient les girolles sous les feuilles, dormaient la chronique criminelle des journaux, les idées de bal des jeunes filles, l'eau de la source qui retenait son écoulement, mais seuls ne dormaient pas les grands bœufs rouges, les grands bœufs rouges ne dormaient presque jamais, ils avaient reconnu les semelles pesantes de leur maître et renâclaient à qui mieux mieux en agitant leurs chaînes.

Après avoir longé le bâtiment éteint, plein de soupirs et de tiédeur, son cœur se mit à battre plus fort parce que c'était là que commençait à s'infléchir la pente qui menait au petit pré pentu, au milieu duquel reposait le pigeonnier dans tout son éclat blanc. A l'intérieur dormait Céline, comme dormait la terre entière; ainsi s'épargna-t-elle d'entendre et de voir ce qu'il s'apprêtait à faire, et qu'il la suppliait par avance de lui pardonner. Elle n'entendit pas le râle lent des gonds et le choc du loquet, ne vit pas cette main, cette main d'homme que la peur rendait lisse et humide comme un gant de caoutchouc palper les ténèbres intérieures, ôter la clé·du pêne, refermer la porte aussitôt en vissant deux tours dans la serrure, de même qu'elle ne verrait pas davantage combien cette main était folle d'émotion tandis que l'homme s'enfuyait à travers le pré, courant, chavirant presque, incapable de jeter cette clé, incapable aussi bien de la garder sur lui, et la jetant, la ramassant, et la jetant encore, et fuyant malgré tout avec elle, sur le dos bosselé de la terre.

Céline ne leva pas une paupière : dans sa mémoire, sur ses rétines flottaient peut-être encore les images fluides du merveilleux après-midi passé auprès de la fontaine, la réconciliation d'un cœur et d'un lieu.

Et maintenant, que faire? quelle conduite tenir? Debout sous le frisson des arbres, étonné, exalté à la fois, il prenait à Arthur l'envie de braire et de beugler, de rire ou de pleurer, et de fait il brayait, il beuglait, il riait, faute de pouvoir verser ailleurs que dans le creux de la nature, dans l'oreille impassible de l'univers sourd-muet, le grand secret qui le bondait jusqu'au trop-plein.

Chancelant, mais se croyant ragaillardi, il réveilla à deux reprises son cheval pour l'emporter dans des actions aussi urgentes qu'indéfinies. Il rigolait si fort que ses yeux sautillaient, pendant que la monture était lancée au triple galop dans les sous-bois. Un peu plus tard, il tomba à genoux devant un tas de rondins qui séchaient, et, saisissant une hachette, il fit voler les bûches en éclats si nombreux que la nuit fut illuminée d'escarbilles blanches.

Puis il sombra, après deux heures d'efforts, tête ballante contre une souche de pin fraîchement saignée. La résine avait une douce odeur poignante imbibant ses songeries : mais l'endroit attirait les fourmis, si bien qu'il s'éveilla couvert de cloques, perclus, transi – et toujours du rire plein le corps.

Il retrouvait avec un sentiment voisin de la douleur cette énorme gaieté qui l'encombrait des pieds à la tête comme un abus de boisson. La clé était sous sa chemise, et l'aube colorant au loin de gris tourterelle les falaises se transvasait dans sa poitrine. Mais comme il n'y avait personne autour de lui à qui faire confidence, il recommença à braire et à beugler, il rit amèrement et pour lui seul dans l'aube gris tourterelle. Ensuite, sautant derechef sur son cheval, il trouva bon d'aller se jeter tel qu'il était, tout d'une masse, dans les remous de la Dordogne, avec son cœur gonflé, avec ses brodequins dignes de la retraite de Russie, avec les fourmis par milliers qui lui dévoraient les plis de l'aine.

Il plongea et brassa furieusement pendant un bon quart d'heure dans le mouvant mercure du fleuve encore teinté de nuit que refroidissait la coulée du barrage. Arthur en apnée, cela valait bien les ébats légendaires de la reine Pédauque. Mais il se prenait à regretter qu'il n'y eût sur l'autre rive une paysanne en sarrau ou une marchande de lait, pour balancer la tête avec distinction et applaudir à ses prouesses.

En abordant aux joncs et aux marais de la berge d'en face, il ne remarqua rien d'anormal, sinon qu'il commençait à être dessaoulé de son effroyable bonne humeur. La traversée en sens contraire fut un long éreintement accompagné de crampes; les globes des yeux au ras de l'eau saumâtre, il conservait le chimérique espoir d'une promeneuse en chapeau de paille entre la frange des saules qui l'aurait applaudi, mais ne voyait que les oreilles de son cheval. Une fois sorti des flots, il se déshabilla, tordit chemise et pantalon. Et soudain il comprit clairement quel avait été le motif caché dans son rire, quelle intention l'avait poussé à cette aventureuse baignade. Mince alors, gémit-il. La rivière avait mangé la clé.

Il s'ausculta sous toutes les coutures, entièrement lucide et plutôt réfrigéré par la désinvolture avec laquelle le destin précédait ses pensées. En se grattant les cheveux il pensait aux proportions nouvelles que

prenait maintenant son geste de la nuit, à la signification d'un pigeonnier sans clé, stupéfait de devoir
admettre que tout cela avait été voulu par lui dès le
commencement.

« Mince de mince... C'est pas dans quatre jours
qu'elle sortira! Pas de si tôt! »

20

L'exultation consécutive au tour de clé dans la serrure, l'ébriété joyeuse, étincelante et pénible en même
temps, le rire qui lui secouait le corps, tout cela fut un
sentiment de courte durée.

Il avait passé une nuit absolument déraisonnable à
fendre des rondins avec sa cognée, à chevaucher dans
les sous-bois en beuglant aux étoiles, et à nager tout
habillé dans la violence des remous ; mais lorsque le
grand jour chauffa les vitres de la cuisine et fit fumer
doucement ses chaussettes gorgées d'eau, la dernière
once d'allégresse s'était dissipée hors de lui comme
une substance volatile, ne laissant dans son être que les
matières les plus pesantes : décombres et tristesse.

La signification même de cette immense fanfaronnade à laquelle il s'était livré avait reculé avec l'aube,
jusqu'à lui devenir inintelligible. Bref, il se retrouvait
tel qu'il avait toujours été, bourru et inquiet.

La matinée du lendemain fut d'un calme à faire
peur. Ce qui alimentait principalement son souci était
de n'entendre aucun bruit en provenance du pigeonnier. Tourmenté par cette harmonie effrayante, il

s'avança dans les hautes herbes et, prêtant l'oreille la plus attentive en direction du petit donjon quadrangulaire, par-delà la rumeur de son propre sang qui lui battait aux tempes, il réussit tout de même à déceler un très vague quelque chose, un frottement de chaussons, tranquille et domestique : un pas de ménagère en somme, qui allait et venait... Ainsi, elle voulait faire l'indifférente! Ah la maline! Ah l'orgueilleuse! De temps en temps, d'autres parcelles sonores qui n'étaient pas moins infimes et ordinaires traversaient la muraille par ses maigres issues, puis voletaient un court moment dans l'air limpide, au-dessus des herbes jaunissantes... Juste assez de bruit pour qu'il soit seulement possible d'affirmer : il y a âme qui vive à l'intérieur.

Elle finirait bien quand même par crier, pensa-t-il. Ce n'était pas possible autrement.

Tandis que l'après-midi se traînait lividement, Arthur repoussa jusqu'à quatre heures la forte tentation de retourner au pré. Mais à quatre heures, donc, il prit une faux dans la chapelle, remonta le chemin des aunes et, satisfait de posséder un alibi convenable, il décida d'exécuter l'herbe à vipères qui entourait le pigeonnier, en commençant par le bas du pré, approchant peu à peu, afin que l'occupante du lieu ne puisse ignorer une minute de plus que son bourreau était là, à portée de voix, à portée de supplique.

La faux maniée par des bras sûrs sifflait, les longues tiges montées en graine se couchaient sur le champ de bataille, tandis que le garçon respirait avec force et cadence : cette comédie dura peut-être une heure. Il ne laissa indemnes que les orties qui croissent contre les pierres chaudes de la tour : sa bravoure n'allait pas si loin, mais il avait accompli deux fois la circonférence du pigeonnier sans éveiller d'autre réaction que celle des agiles petits lézards gris, qu'on appelle par ici des « rapiettes ». C'était tout : aucune plainte, aucun pleur. Avant de s'éloigner non sans nostalgie, il remarqua aussi qu'une pousse de seringa grimpant le long de la lucarne ouest avait perdu ses feuilles, ce qui lui donna à penser que Céline avait peut-être mastiqué cette verdure pour tromper sa faim.

Une deuxième nuit commença.

Une deuxième nuit qu'ils consommèrent à distance, elle dans la tour et lui dans son lit habituel ; mais cette seconde nuit fut pour Arthur bien différente de la première. La première nuit, il jubilait au point d'en éclater, la seconde le trouva plein d'abattement et de confusion. La première nuit, il avait peu dormi : il sombra cette fois-ci dans un lancinant sommeil dont ses rêves mêmes lui disaient qu'il devait s'arracher, afin d'aller rechercher avec un diapason aimanté une certaine clé perdue dans l'élément liquide.

Surtout, il mesurait maintenant combien sa sœur – tout enfermée qu'elle était – le dominait encore, le dominait ni plus ni moins qu'avant. Et la supériorité terrible qu'elle gardait sur lui en dépit de sa claustration trouvait un soutien malhonnête dans une tierce personne. Le duel était faussé d'avance, injuste depuis le commencement. Arthur se moquait bien de savoir ce que manigançait à Bordeaux cette tierce personne, quels hommes de loi il fréquentait. Un détective lui aurait-il fourni l'emploi du temps complet de Janvier dans cette ville, cela ne répondait toujours pas à la seule question simple qu'il se posait – la question de l'heure, et du jour, où son frère reviendrait.

Ne pas connaître ni l'heure ni le jour donnait à Arthur des maux de ventre et des migraines. Mettons qu'il arrivait demain : cela pouvait aller. Après-demain, cela allait encore. Mais l'indétermination de la période d'expectative était un atout, il n'en doutait pas, en faveur de Céline, qui puisait là entêtement et endurance pour subjuguer le temps, dans sa prison, sans se nourrir ni implorer, sans élever la voix et sans griffer la porte avec ses ongles...

Janvier ne se manifesta ni le lendemain ni le surlendemain; un troisième jour, un quatrième s'additionnèrent aux deux premiers, dépourvus d'événement perceptible. Le pigeonnier ne changeait pas de place. Il demeurait sagement posé comme à son ordinaire sur l'écrin verdoyant du pré – silencieux, blanc de murs, immobile, avec sa toiture quercynoise à quatre faces et double inclinaison, ses naïves frisures, sa pimpante découpe sur le ciel clair.

Mais s'il n'y avait guère de nouveauté de ce côté, l'attitude d'Arthur, en revanche, passait par les contrastes les plus variés. Affamer sa sœur lui usait les nerfs et lui devenait intolérable. C'est ainsi que le midi du quatrième jour il sortit de la maison, tenant en sa main un plat ovale, gravit le chemin et le pré, déposa enfin sur le rebord d'une des meurtrières son contenu fumant : quatre grosses pommes de terre en robe des champs, passées au four, craquelées et luisantes de beurre frais.

A partir de là, il lui apporta ses repas fréquemment, presque régulièrement, aussi souvent que sa mémoire lui concédait d'y penser, c'est-à-dire toutes les fois que lui venait l'idée de s'alimenter lui-même. Le lendemain des pommes de terre, il se lança dans la cuisson d'une carpe, certain d'avance de son succès et connaissant les goûts de la captive. La coutume était d'en manger au maximum trois fois l'an ; il n'avait pas même oublié de la faire dégorger, ce qui supposait de mettre son affaire à exécution dès la veille, faute de quoi, comme chacun sait, les épaves phénoménales de la fontaine laissaient dans le palais du consommateur un funeste relent de caveau et de bouchon.

Il apporta la carpe sur le même plat ovale qui allait lui servir pour toutes ses préparations futures, parce que les plats ronds et plus larges n'entraient pas à travers l'étroitesse des fentes de la tourelle. Et, comme de juste, une heure plus tard il put récupérer son plat léché et nettoyé jusqu'à l'étain, brillant dans le soleil, sans la plus petite goutte résiduelle de sauce, comme si la langue d'une bête avide s'en était occupée.

Mais il n'avait pas toujours pour elle des égards aussi soutenus, et c'était quelquefois l'inverse. Il la négligeait pendant vingt-quatre ou quarante-huit heures, soit qu'il n'eût point d'appétit lui-même, soit qu'il fût parti en randonnée sur l'autre crête du cirque où il avait cru entendre un loup pleurer.

Il revenait de ces virées efflanqué, étourdi et fautif,

vivement anxieux d'accumuler les marques de repentir en direction du pigeonnier. Ainsi, dans les fortes chaleurs de septembre, la fantaisie le prit de rallumer la cuisinière en fonte, ce monument ronflant et torride, avec sa tuyauterie calaminée de suie, ses panonceaux de céramique ornée, son réservoir à eau chaude, et, sur le dessus, ses cercles concentriques qu'on enlevait un à un au crochet pour enfiler par là les bûches. La température s'éleva tellement dans la pièce que même les mouches se sentaient mal. Moyennant quoi Céline mangeait du faisan à midi, des poires cuites au dessert, des gratins de choux ou des tomates farcies à son dîner.

Cela, c'était l'aspect le plus joli, si l'on veut. Les bons petits plats comme dans une lune de miel. Mais toute l'histoire n'est pas aussi plaisante à dire, car maintenant les jours étaient plus courts que les nuits, le froid se faisait sec, vibrant, mordant, et comme le solitaire de Montcigoux ne donnait aucun signe de vouloir relâcher sa proie, celle-ci, sans crier, commença quelquefois à sortir un bras par l'un ou l'autre des trous d'envol, un bras hâlé et vigoureux encore, qui s'échappait de la muraille et balançait telle une voile dans l'air vide et glacé.

Ce bras de femme traversant les pierres n'alerta semble-t-il personne, à l'exception du petit père Marielle établi studieusement devant ses pinceaux à des lieues de là, et qui le dépeignait comme il aurait peint le Saint-Esprit avec des ailes. Enfin, le bras émerveillait aussi Arthur lui-même, tant il est vrai que ses yeux brillaient encore d'une nostalgie éblouie quand il raconta ce détail bien des années plus tard à Cyprien Donge.

Mais, dans le récit du voisin, les épisodes vaguement surnaturels n'étaient pas forcément ceux qui inspiraient à Cyprien le plus de réserves et de scepticisme. Cyprien se demandait quant à lui comment les autres bonnes gens du coin, les Dumaze, les Bouscarel, et Palmyre et sa femme, avaient pu faire pour ne se douter de rien. Qu'est-ce que j'en sais, disait Arthur. Mais il en savait un peu quelque chose : il y avait eu une scène à ce sujet dans l'atelier du fils Bouscarel, devant l'établi où était rangée au mur la collection complète des scies et des équerres qui l'avait si favorablement impressionné à sa première visite.

Le bienveillant Bouscarel l'avait accueilli cette fois avec sa cordialité coutumière, avant de le soumettre à un vrai feu roulant d'interrogations et de mises en garde à peine voilées. Arthur ne se rappelait plus très bien en quoi consistait son labeur ce jour-là : toutes ses expéditions chez ce voisin lointain avaient fini par se rejoindre dans sa mémoire en un seul acte idéal de menuiserie, débarrassé du souci utilitaire et de la notion même de résultat. Il découpait, limait, collait, harmonisait et emboîtait avec méthode, ou encore il trempait une latte d'acajou dans un seau d'eau bouillante, pour l'assouplir et la plier à son vouloir. Il possédait en main une gouge qui faisait des trous parfaits dans le bois tendre ; ou peut-être une scie égoïne bien mordante, sans défaut, et qui chantait sa mélodie aiguë de vierge folle... Bref, il était magnifiquement actif, voilà ce que ses souvenirs avaient retenu. Et puis aussi, que les années étaient certainement passées en grand nombre depuis l'époque de sa première commande, car le garçonnet blond agenouillé dans les copeaux était maintenant un adolescent trop vite grandi, qui ne levait plus tout à fait sur lui le même regard d'adoration jalouse. Et Bouscarel enfin, au lieu de s'éloigner pour le laisser travailler en paix comme d'habitude, était resté debout, gitane éteinte, contre le chambranle de la porte. Tout d'un coup, il avait dit :

— Qui donc est malade, chez toi ?

— Personne.

— Ta sœur est rentrée ? Ton frère ?

— Je le saurais.

— Pourtant, on entend bien des toussements, depuis ton pré jusqu'au bas de Bouttières. Le jour, la nuit, ça tousse à s'en saigner la gorge.

— Des blagues.

L'autre avait dû sentir qu'il poussait un peu loin l'hameçon, et comme il n'aimait pas rester avec quelqu'un dans les frimas du malaise, que son tempérament était plutôt d'avoir toujours le compliment prêt à gonfler comme le lait dans la casserole, il changea de sujet, parla métier, félicita Arthur en lui disant que tout ce qui sortait de ses doigts, pour du costaud, c'était du costaud.

— L'eucalyptus fait fuir les araignées, répondit poliment l'ouvrier.

Mais pas plus tard que cinq minutes après, n'y tenant plus, Bouscarel revenait à la charge.

— Écoute, je vais te dire une chose. Faut pas mettre à coucher du monde dans ton pigeonnier. C'est mauvais comme tout. C'est plein d'air qui circule. Même une bique y crèverait !

– Sûr.

– Enfin, tu m'as compris. Mettons que j'aurai eu des voix.

Ils se quittèrent à l'amiable, et jamais plus Arthur ne retourna louer ses services dans la ferme lointaine. Sur le chemin du soir qui le ramenait chez lui, il vit un renard jaillir juste devant ses pieds, panache aux abois, comète rousse. D'invisibles grenouilles s'égosillaient dans les joncs, c'était une chanson fêlée pleine de bulles qui paraissait venue du fond d'un tonneau. Enfin, un vieux qu'il connaissait à peine, assis dans l'ombre d'un talus, le héla drôlement comme s'ils étaient de connivence :

– Tout le monde est en santé, là-haut ?

– Ça va, ça va... grommela Arthur sans se tourner.

Depuis la mi-novembre environ, la prisonnière jusque-là muette répandait au ciel le triste message de sa toux. Elle toussait à grand mal, rauquement, toussait la nuit et le matin, s'embourbait dans les glaires de la toux, à croire que sa poitrine, sa bouche en étaient pleines, et quand elle avait commencé de tousser ne s'arrêtait plus. Arthur avait beau s'enfoncer la tête sous une pelisse de mouton, il ne pouvait guère empêcher que les quintes atroces l'atteignent et l'importunent jusque dans son lit ; mais, contre toute évidence, il parvenait encore à se persuader que ce n'était pas elle, pas vraiment elle qui toussait.

Cette toux enfermée dans les pierres appartenait en somme au même règne grinçant que tous les bruits de la nature hivernale, comme le volet qui bat au vent, la pendule qui sonne ou la corneille qui croasse. Ainsi, pareillement, le pigeonnier toussait, la forêt des arbres aux troncs creux répondait et toussait en écho, tandis que de la personne physique de Céline, plus rien ne restait apparent, pas même le bras un instant tenté de vivre une existence autonome à travers les trous d'envol, mais qui, désormais solidaire du reste du corps, s'était rétracté à l'intérieur de la tourelle, et l'on pouvait imaginer ce bras apportant maintenant son réconfort et son appui au thorax haletant.

Puis l'eau de la fontaine se solidifia pour de bon. Les carpes remontaient verticalement comme des troncs morts, brunes d'écailles, leur gueule rose qui béait sous la croûte de glace. Le pré était couvert d'une pellicule toute en cristaux, où des araignées tremblaient sur leurs longues pattes en cherchant l'eau des tiges. Les bœufs ne sortaient plus; leurs flancs balourds côte à côte disaient la paix et la tiédeur des vies communautaires.

Il y eut un mieux au début de décembre, pendant lequel les cerisiers se trompèrent de saison. Mais après le redoux, des chutes de neige considérables ensevelirent le causse. La tour carrée du pigeonnier, dans sa désolation, toussait de plus en plus. Certaines fois elle toussait jusqu'aux larmes et aux cris, affolant une buse qui se sauvait à contrecœur et dont le vol lent pliait le ciel dans le sens des coutures, sans froissement ni tapage.

21

A trois reprises, dans la fameuse soirée où le voisin Arthur lui fit sa confidence sous l'abat-jour en porcelaine, Cyprien Donge vit la nécessité de redescendre encore une fois les marches du cellier, tirer au fût une chopine de carburant. C'était l'affaire de cinq minutes, pendant lesquelles le voisin, resté seul sur son banc, fermait les yeux et laissait pendre sa mâchoire humide. Comme elle semblait bien éloignée de lui, cette époque de douleur et de haine! Cyprien hésitait toujours à descendre au sous-sol, craignant de le retrouver ronflant et à demi comateux sur la table de la cuisine, mais, au contraire, lorsque la voix d'Arthur s'étranglait presque, quand il n'en sortait plus que des sons barbouillés où les voyelles étaient mangées par les poils de la barbe, il suffisait qu'il aperçût le ratafia d'Henriette couleur rubis pour qu'aussitôt, tel un agonisant sur le front duquel on verse le saint chrême, son regard se rallume, ses épaules se redressent, tandis que sa langue empâtée se déliait de nouveau.

A la longue, Cyprien Donge remarqua que les intermèdes où il disparaissait au cellier avaient plutôt un effet salutaire sur la suite du récit : dans la mesure où le voisin forcé de s'interrompre prenait alors le temps de rassembler son dernier courage, de revenir en arrière, d'essayer des aveux jusque-là ignorés.

C'est ainsi qu'à la quatrième chopine du philtre de vérité, le voisin effectua mentalement une assez terrible volte-face, et s'arracha de la poitrine un sérieux morceau. De sa vie, Cyprien n'avait jamais entendu une chose aussi extravagante. Elle s'était produite au début de la séquestration de Céline, une semaine environ après la perte de la clé, c'est-à-dire au meilleur de l'automne encore : il faisait doux et sec, les grands bœufs rouges étaient au pré.

Ce jour-là, Arthur Fontaubert alla chercher ses bêtes affectionnées et les poussa dans la cour, devant le perron : il avait même épandu des bottes de fourrage sous le marronnier afin de les tenir en confiance, ou pour se tranquilliser lui-même par des gestes coutumiers.

Puis il se passa exactement ceci : les bêtes s'agenouillèrent une après l'autre, et Arthur s'agenouilla de même devant elles, le canon de sa carabine encore fumant. Quelques-unes, toutefois, avaient décrit en sursautant un demi-tour sur elles-mêmes, comme une danse lourdaude, puis elles avaient plié des antérieurs et elles s'étaient agenouillées.

Ensuite ?

Ensuite, il advint encore ceci : les bêtes se couchèrent sur le flanc, et Arthur ne fit rien d'autre que s'allonger de même à leur côté. Il les contemplait toujours, mais elles ne le regardaient plus. Il était recroquevillé à terre et il cherchait leurs yeux.

Et ensuite?

Couché sur le côté en contemplant les bêtes, de ses yeux à lui coulaient des larmes, et de la langue des bêtes se répandait un fil de bave à peine rosie.

Et ensuite? ensuite? Il fallait qu'il se relève, pardi. Il courut à toutes jambes chez les Dumaze pour y téléphoner à un équarrisseur. Ce qui fit que la chose s'ébruita et que son forfait donna de quoi jaser à la contrée entière.

Pourtant, il ne pleura pas devant les gens comme il avait gémi de seul à seul près de ses bêtes; mais au contraire, adoptant à dessein un langage cynique et grossier, il déclara à qui voulait le croire que les animaux ne lui rapportaient plus rien, que la viande de boucherie était au mauvais prix, que ça n'en valait plus la peine.

Et bien sûr on le crut, puisqu'il le disait, et qu'il n'y avait rien d'autre à supposer.

22

Arthur dormait maintenant tout habillé sous trois couvertures de mouton, mais il peinait quand même à trouver la quiétude lorsque, avec le vent, la toux de sa sœur entrait par les cheminées, se transformait en un feulement ignoble. Il n'y avait déjà plus rien d'humain dans le son qu'elle rendait ; il n'y eut bientôt plus rien de bestial non plus, ni rien qui exprimât quoi que ce soit d'autre que l'état physique des choses, la dureté des matières ; on aurait dit qu'elle cassait la glace avec ses poumons.

Comprenant qu'il devait agir, mais frissonnant comme une couleuvre à cette idée, le garçon laissa filer encore une semaine. La vérité était qu'il n'en menait pas large, et fréquemment ses gros doigts courts s'agitaient dans la maison avec un zèle fautif sur tout ce qui avait la forme d'une clé perdue. Il en retrouva un tiroir entier, plein de clés hors d'usage, et dont certaines portaient un bout de ficelle entortillé où s'attachait une étiquette avec un mot à l'encre délavée, « chenil », « grange », « laiterie », « garde-manger », « écurie », « bergerie ». Les serrures qui avaient accueilli ces clés n'existaient plus, ou servaient peut-être de cocon pour les œufs d'araignée, mais les doigts boudinés d'Arthur farfouillaient avec un bonheur louche dans cet ossuaire, au point qu'il croyait même avoir déjà oublié le but de sa recherche.

Puis, quelque chose se produisit, là-bas. Une nouvelle quinte et comme un secouement inouï de l'être en perdition, un arrachement, une révulsion d'organes, interminable spasme à vous donner la chair de poule. Il jeta aussi sec le tiroir et les clés, descendit l'escalier, se rua à l'extérieur en passant par le côté de la souillarde, dans laquelle il avait saisi au vol sa cognée d'abattage.

La vaste cour et le chemin des aunes ne lui offrirent pas d'autre résistance que celle d'une atmosphère pétrifiée, le grésil sur les toits, les quarante centimètres de neige où ses brodequins crissaient en s'enfonçant dans des empreintes anciennes. Tout était pareil et tout était plus net ; la nature avait affûté ses lignes de force. Il s'arrêta, haletant, devant le pigeonnier, ne remarqua même pas (ou remarqua seulement plus tard) que l'affreuse plainte avait cessé d'offenser le silence. Une patience mortelle était dans l'air. Il prit son élan : au premier coup la porte se fêla de haut en bas ; il frappa derechef et toutes les lames volèrent en miettes.

Céline se tenait devant lui, appuyée au mur, transparente pensa-t-il. Elle cligna des paupières : elle était donc en vie. Puis elle se mit à marcher, elle avança vers lui en suivant un parcours rectiligne, et l'opinion d'Arthur ne devait plus connaître de changement par rapport à ce que fut sa première idée, à savoir qu'elle n'était pas seulement transparente, mais qu'ils étaient devenus tous les deux irréels et diaphanes au regard de l'autre. Ainsi passa-t-elle devant lui sans paraître le remarquer bien qu'elle lui eût frôlé l'épaule. Et lui, au lieu de se retourner pour la suivre, il ne trouva rien de plus urgent à faire que d'entrer dans le pigeonnier qu'elle venait de quitter, le pigeonnier tout chaud d'elle encore, c'est-à-dire glacial comme une morgue. Il entra donc, il s'accroupit, poussé par cette curiosité au ras des choses qui était une des marques de son caractère, et qui l'entraînait à ausculter voluptueusement n'importe quelle vieillerie dépareillée, un tiroir plein de clés rouillées aussi bien que les pauvres bagages de sa sœur. Il vit ce qu'il n'aurait jamais dû voir, il vit la couche rudimentaire sur laquelle elle dormait – deux manteaux jetés par terre –, il vit une poupée d'Amérique faite avec des bouts de corde et des peaux, il vit ses crachats de tuberculeuse sur le sol, du sang ici et là, déposé en minces filaments.

Toutes ces découvertes lui donnaient un certain malaise, à la fois en pensant à Céline ainsi qu'au plancher flambant neuf qu'il avait construit de ses mains. Mais son cœur lui disait maintenant que c'était elle qui comptait, qu'il fallait lui venir en aide, qu'elle était bien malade, certainement.

Il courait sur les traces d'une femme transparente, dans les empreintes de cette toux qui s'était remise à marcher. En bonne logique il aurait dû la rattraper, mais le fait est qu'il ne la rejoignit pas, ce qui prouvait seulement qu'il avait perdu un temps considérable à examiner le sol du pigeonnier.

Les empreintes contournaient l'écurie, longeaient la

bordure des ormes, et repartaient plus loin, en diagonale, non pas du tout vers la maison mais vers les dépendances qui se trouvaient presque à l'opposé. Qu'était-elle donc allée faire par là? Il n'y avait rien à faire, justement, de ce côté. Il n'y avait que l'ancienne loge au bois et le séchoir pour les châtaignes.

Arthur gardait les yeux rivés sur cette claudication qui l'avait précédé, et qui, dans les derniers mètres, tirait des bordées bizarrement, devenait boiteuse, tordue, triangulaire... On voyait en effet qu'elle avançait non plus sur deux, mais sur trois jambes si l'on peut dire, qu'elle avait pris appui sur une main pour compléter l'effort traînant de ses semelles, qui accrochaient et qui mordaient de moins en moins la neige...

Les empreintes s'arrêtaient devant le séchoir à châtaignes : Arthur poussa la porte. Il n'observa rien de spécial à première vue, que la série des claies bien ordonnées où reposaient par milliers et milliers les fruits ronds et luisants dévêtus de leur bogue, dont l'éclat brun rougeâtre vous réchauffait déjà le ventre. Il commençait même à trouver du charme à cet endroit, à toutes ces lueurs des rayonnages soubresautant comme des flammes de rhum, en dépit de la température glaciaire ; et des élans, et des promesses tardives le submergeaient, tandis qu'il cherchait anxieusement des yeux Céline, afin de lui manifester sans détour la bonne opinion qu'il avait toujours eue d'elle. Brusquement elle lui apparut, à la clarté d'un soupirail : tête en arrière, le cou cassé, inerte.

Elle était morte, là.

Dans le séchoir aux châtaignes.

« Nom de nom... » proféra Arthur en se reculant d'un bond. Toutes ses résolutions fraternelles venaient de s'évanouir. Tout l'embêtement du monde lui retombait dessus, face à cette forme ballante, éteinte, pelote confuse de membres enchevêtrés dont il devinait bien, quoique vaguement, qu'elle le ferait souffrir un jour ou l'autre autant qu'elle-même avait souffert.

« Va m'arriver des ennuis... »

Et il se recula un peu plus.

Céline avait été resplendissante – il s'en souvenait – mais le hâle de son teint, la vigueur et la lumière qu'elle promenait sur elle, ce quant-à-soi d'aventurière et d'insolente qui lui donnait un genre, tout cela lui était rentré sous la peau, à présent. Elle paraissait plus terne qu'un tas de cendres. Son aspect de surface était croûteux et gris, au milieu de l'éclat des châtaignes éparpillées.

Et cependant, la suite allait se charger de démentir les sombres prophéties qu'avait balbutiées Arthur Fontaubert devant le corps de sa sœur. Contrairement à ses craintes, il ne lui arriva aucun ennui. Avec sa bêche, il fit un trou rectangulaire au fond du potager, non sans avoir mûrement et lentement choisi l'endroit qui convenait, et même en s'allongeant ici ou là par terre sur le cuir de sa gabardine, afin de mieux se rendre compte. Entendons-nous : il n'était pas superstitieux, il se moquait bien de telle ou telle place, son souhait était seulement que la discrète sépulture échappât aux regards. D'où le sérieux avec lequel il en détermina l'exposition, abritée, du côté du chemin du Loudour, par le rideau des verges d'or et le froncis des groseilliers, tandis que de l'autre, c'est-à-dire en amont vers les barrières blanches, la chapelle était là pour entraver toute perspective.

Vraiment il fit du beau travail, qui méritait le compliment : surtout si l'on comptait qu'il n'était pas expert de la chose. Son trou, il le creusa jusqu'à un mètre vingt de fond, dans un drôle d'état de tristesse suractive et sans reprendre haleine, sauf pour cracher une ou deux fois quand les ampoules lui brûlaient les paumes.

La besogne terminée il releva les yeux, regarda tout au bout du ciel la fracture violette et rose des falaises de Gluges qui se dissolvaient dans une buée spongieuse. Ensuite il prit une rame de groseillier et ponça en silence le plat de sa bêche ; le soleil jouait à cache-cache avec les nuages, tantôt au rire, tantôt aux pleurs.

Bref, c'était fini.

Et c'était même maintenant qu'on pouvait dire : fini, fini.

Lorsque Céline fut inhumée, des jours informes défilèrent à la queue leu leu au-dessus de Montcigoux. La neige et la glace qui nervuraient si bien les collines s'étaient changées en pâte boueuse. Il faisait doux et presque beau ; on pataugeait. Le paysage entier flottait dans ses habits humides, à l'instar de ces étendues amphibiennes d'herbes noyées que laissait derrière elle la Dordogne en crue après avoir bouleversé son lit.

Les basses branches des saules riverains traînaient

de longs rubans de goémon, à moins que ce ne fussent des nids de merles tombés en guenilles, ou des peaux de couleuvres séchées. Tout avait l'air d'être autre chose et rien ne ressemblait à rien. Même les friches inondées sentaient le marais salant.

Sur cette indécision des formes et des contours, Arthur posait le même regard de dévotion navrée qui ne l'avait plus quitté depuis qu'il avait creusé le trou pour sa sœur. Les jours lisses et boueux tiédissaient, démangeaient, prenaient couleurs, perdaient couleurs, et, en dépit de ce demi-soleil masqué qui portait en bandeau un demi-nuage comme un loup de carnaval, il était difficile de croire que les verges d'or refleuriraient avant longtemps au-dessus de la tombe. Odeur de paille mouillée qui vous collait aux mains.

Dans cette universelle macération, déliquescence, il n'y avait guère que les myocastors à conserver la fibre bâtisseuse. Sous chaque touffe d'herbe en flottaison : un ragondin ; dans chaque gloussement humide : une poule d'eau. Les autres créatures de la vallée ne sortaient plus, restaient découragées et alanguies par la lenteur, par la lourdeur des jours de boue.

Mais, un matin, à l'improviste, le ciel se réveilla séché de fond en comble. Des signes nouveaux, nombreux en témoignaient : la première allumette frottée sous le premier café de la journée obéit et flamba, au lieu de s'écorcher en vain sur le grattoir comme c'était l'habitude. Le calendrier des postes aux feuilles gondolées, le linoléum du vestibule bouffi d'humidité, le papier peint mural qui s'épluchait comme des pelures d'oignon, la mousse verdâtre du carrelage, tous ces

179

baromètres sensibles et légèrement écœurants étaient là pour annoncer que le printemps en avait fini de pourrir sur pied. Aussitôt dit, Arthur courut ouvrir les fenêtres.

Il les ouvrit toutes sans exception, et en grand; les quatre battants de sa chambre à lui, l'œil-de-bœuf de la chambrette qui lui était contiguë, la crémone du vestibule, les châssis du grenier, les deux fenêtres en pignon de la bibliothèque, les trois de la chambre rouge, les persiennes de la chambre d'amis, sans oublier la petite baie du cabinet de toilette d'en haut, et la lucarne à tirette de celui d'en bas.

Il termina l'aération sur le morceau le plus spectaculaire : les six paires de volets de la galerie, aux lourds battants fixés de l'intérieur par des barres transversales, dont la manipulation toute en énergie lui procurait chaque fois une satisfaction intense. Et la maison entière parut ébranlée quand il décrocha les tringles de fer qui venaient carillonner contre la brique en se balançant, puis les volets s'ouvrirent : alors, avec une vigueur inespérée, extravagante, la lumière déboula dans ce capharnaüm sentant la colle et la peinture, où Céline autrefois dansait. Lumière acide comme un citron vert, lumière d'avril, éblouissant les murs, giflant sans précaution un buste de plâtre à l'aspect farineux; elle s'engouffra sous les empiétements des commodes, projeta partout un peu de la tendre couleur des feuilles naissantes du marronnier par laquelle elle était filtrée.

Lorsque toutes les fenêtres furent ouvertes et que l'incohérent vacarme eut fini par se taire, la demeure

respira soudain une radieuse tranquillité. Arthur pensa
d'abord que l'évaporation de son chagrin était un bien-
fait transitoire, le simple contrecoup de la fureur avec
laquelle il avait poussé de l'épaule les volets récalci-
trants.

Mais le charme durait : insistant, mystérieux et
comme venu du fond de l'atmosphère... Oui, c'était le
printemps, le printemps angélique... Il quitta sa chemise, ses chaussures, et s'allongea en équilibre sur
l'appui d'une des fenêtres, à écouter, la tête vide, le
doux frou-frou du marronnier, à regarder en contrebas
les moires de l'herbe palpitante.

S'allonger là (torse nu) faisait partie des aises liées
aux beaux jours, de ces aises qu'il prenait, et que lui
seul prenait à cet endroit. Mais depuis combien de
mois ne lui était-il plus arrivé de faire un petit somme
en altitude, comme cela, une jambe pendante dans le
vide côté cour, tandis que l'autre pied, à l'intérieur,
s'épatait largement dans la laine d'une housse de fauteuil ?...

Arthur pensa aussi que si Céline l'avait surpris en
train de « se laisser gonfler comme une chenille », elle
n'aurait pas manqué de critiquer une fois de plus ses
positions et ses manières. Le torse nu d'Arthur était
d'un blanc extrême, semé de grands poils noirs devenus plus fournis avec l'âge. Ses pieds aussi étaient
blancs et poilus : mais qui cela dérangeait-il, à
présent ? Personne ! Et c'est ainsi qu'il commença à
découvrir un avantage, une simplification, dans le
départ irréversible de sa sœur ; il cessa lentement de
la regretter, il se décorseta de la gangue du deuil qui

l'avait oppressé tout l'hiver. Enfin, il prit de plus en plus souvent ses aises sans chemise ni chaussures, couché aériennement sur le rebord d'une des fenêtres de la galerie, taquinant le vertige, inerte et repu de lumière.

23

Une nuit d'avril, deux silhouettes d'hommes étroite-
ment enlacées traversaient en trébuchant la cour cail-
louteuse du domaine, l'un soutenant l'autre sur son
épaule. Le rossignol allait bientôt se taire, mais un seul
l'entendait. Les lanternes froides des vers luisants
commençaient à pâlir, mais un seul les voyait. Et tout
ce que souhaitait présentement celui qui n'entendait ni
ne voyait, c'était de conserver le plus longtemps possible sous sa joue aussi aplatie qu'une poire blette
l'épaule ferme et sûre de l'autre. Un crapaud-buffle
coassait dans la rigole de la fontaine, une chouette sou-
pirait et chuintait, tandis que les cailloux, se sentant
dérangés, roulaient sur le sol dur en écoutant passer
les intrus, dont les deux formes confondues paraissaient trahir cette longue fréquentation mutuelle qui
mérite peut-être le nom d'amitié.

Enfin, le plus valide des deux largua son fardeau sur
le matelas unique qui obstruait la porte d'entrée de la
masure d'en face, qu'on appelle les communs. Puis il
revint à pas lents vers la maison et, persuadé sans
doute qu'il était vain d'espérer dormir, il décida de se

verser un dernier coup qu'il boirait seul sous les
étoiles, réfléchissant à la situation nouvelle. Mais au-
dedans de lui, c'était déjà tout réfléchi. Comme un petit
cône éblouissant sur lequel, lentement, son attention se
refermait, Cyprien Donge voyait apparaître en relief le
mystère lumineux de Céline.

Céline à tous les âges... Au temps serein d'avant le
malheur noir, au temps du facteur apportant les colis
mouchetés de gouttes d'eau, au temps de Chavès,
l'intelligent compagnon, au temps de la fuite, et du
retour....

Quand elle revient après huit ans, pense Cyprien,
c'est pour capituler et mourir. Mais la rumeur affirme
pourtant que c'était elle, du trio, la plus hardie, la
plus mordante, une graine d'aventurière, de l'énergie à revendre... Que signifie alors ce mutisme extraordinaire, cette absence de rébellion? Elle est enfermée dans la tour; la tour est à cinq cents pas de la
maison; elle y subit les pires privations, mais elle
n'appelle ni ne gémit... Est-ce possible? Est-ce pen-
sable?

Le petit cône éblouissant de la difficulté allait se res-
serrant, et Cyprien voyait de manière tout à fait claire
que le silence inouï de la jeune femme n'épouserait une
forme intelligible qu'à la condition de supposer, entre
le début et la fin de sa captivité, un événement particulier, une catastrophe essentielle dont Arthur n'avait
pas soufflé mot. Laquelle? Il ne pouvait y en avoir
qu'une qui fût assez terrible pour décourager Céline :
la mort de Janvier... Ce ne pouvait être que cela : les
premiers jours Céline se tait, tout simplement; ensuite,

elle demeure sans voix, ce qui n'est pas vraiment la même chose...

Il rapprocha encore son attention du petit cône éblouissant. Il répéta : les premiers jours, Céline se tait par pur défi et par témérité ; et, se taisant, elle songe à juste titre que cette épreuve ne saurait durer bien longtemps, puisque Janvier viendra, qui la délivrera. Mais l'intrépide orgueil de la jeune femme doit bientôt s'incliner devant une évidence qui génère chez elle une autre sorte de mutisme, plus sourd, pétri d'accablement sans nom : Janvier ne revient pas... Comment cela ? Peut-on se résigner à cette réponse désenchantée, et dire que Janvier n'est pas venu, quand il l'avait promis ? Bien sûr que si, il est venu. Ne serait-ce qu'un instant, une heure, après bientôt quinze ans d'absence... Il est venu, Arthur l'a tué. Et pourquoi ne pas supposer aussi que Céline, dans la tour, entend le bruit de leur combat, et quand elle en connaît le dénouement, alors, plus rien ne peut la retenir de se laisser glisser sans résistance sur la même pente désespérée où gît le corps du garçon qu'elle aima.

Car ils étaient amants : la rumeur crie cela depuis le commencement. On dit que leur liaison a débuté en l'année 1936, soit peu de temps après la mort du père, peut-être même en cette nuit sinistre au cours de laquelle Guillaume Fontaubert expira après avoir été saisi d'un coup de froid sur le clocher de l'église de Creysse dont il réparait la toiture... C'est en tout cas ce qu'on raconte.

Guillaume respirait avec peine. Le méchant froid qui l'avait pris sur le pinacle du clocher rendait gourd et

blanc tout son côté gauche, ainsi que la moitié gauche
du visage, comme si sa propre hache l'eût entaillé verticalement de haut en bas. Le bouillon mijotait sur le
gaz, Arthur tordait ses mains d'un air hagard et
impuissant, Janvier seul n'affectait aucun trouble ;
mais déjà le charpentier cagot Guillaume-Eugène Fontaubert n'était plus qu'un homme au système nerveux
coupé en deux, avec un demi-regard violacé, un bras et
une jambe insensibles : il rendit son soupir à onze
heures.

Il rendit son soupir à onze heures, et, « la nuit
même » donc – mais ce fut peut-être une des nuits sui-
vantes –, Janvier, pleinement imbu des nouveaux
droits que lui conférait l'aînesse, se rendit à coucher
dans le lit de sa sœur, afin de la « requérir charnelle-
ment » comme disaient les docteurs d'autrefois. C'est
ainsi que la chose entre eux commença.

Dès le lendemain, il paraîtrait qu'il se chargea lui-
même de communiquer à son cadet l'annonce très offi-
cieuse du changement qui s'était opéré. Non pas avec
des mots et de grands discours, mais au moyen de
quelque vague sarcasme, ou simplement avec ce
regard blanc à la narine pincée qui descendit sur le
front empourpré de honte du jeune frère.

Évacué, balayé, ravalé à l'endroit le plus humble de
la salle commune, Arthur n'aurait plus guère l'occasion d'user ses pantalons sur les bancs vernis qui
entouraient la table, ni de coudoyer aux repas les journaliers nombreux. La place du banni était dans l'angle
de la cheminée : heureusement pour Arthur, elle exhalait une bonne odeur de châtaignes roussies et de

cendres couveuses. Lapant son écuelle à l'écart, il regardait couler les larmes de résine sur les bûches de mélèze, et ce fut cette place qu'il devait choisir de retrouver spontanément bien des années plus tard, lorsque l'ombre d'un autre amour – entre Céline et le journalier Chavès – vint de nouveau inquiéter ses traits et tasser son échine contre le feu de l'âtre.

Pour le moment, Arthur ne pouvait que constater avec une mélancolique horreur l'évolution étrange du tour de taille de sa sœur. Car par deux fois – c'était aussi ce qu'on disait – Céline se découvrit enceinte des œuvres accomplies dans les bras de Janvier. Et par deux fois également, le fruit sauvage de cette union ne laissa aucune trace à la surface du monde, rapidement enseveli sous quelque motte du potager ou du jardin, peut-être sous les cyclamens, ou sous les fèves d'Italie, peut-être au pied des roses trémières qui éclaboussent de leur incarnat le contrefort de la chapelle, ou peut-être, simplement, dans la forme à fumier, près du grand datura solitaire aux calices en cloche.

... Et, le verre à la main, Cyprien Donge laissait errer ses yeux dans les ténèbres, quêtant vaguement la place où les légers fantômes dormaient entrelacés aux rhizomes des iris, à d'improbables bulbes de jacinthes. Il continuait à réfléchir.

Dans les premiers mois de 1939, Janvier embarque clandestinement pour le Nouveau Monde. Était-ce, comme on l'a dit, l'aventurier, le chercheur d'or aux joues mangées, au chapeau cabossé, parti filtrer dans son tamis la boue de l'Orénoque? Était-ce le déserteur, fuyant incognito le vacarme guerrier qui s'annonce?

N'est-ce pas plutôt l'homme qui sait que les autres savent avoir vu la robe de Céline s'arrondir, se désenfler et s'arrondir encore? Que craignait-il le plus : l'armée ou le scandale? Qu'importe, pour Arthur le résultat revient au même : il n'est plus là, ce monstre et ce dégénéré, le personnage à la narine pincée dont les répliques piquaient comme des mouches, il n'est plus là, la vie redevient lisse, possible, sinon parfaite. Une bonne pâte d'existence, selon l'intéressé lui-même, à moitié gaie, à demi éclairée par le sentiment d'exclusivité qu'il croit détenir sur Céline, parfois en revanche assombrie par les remarques désobligeantes qu'elle continue de lui faire.

Et maintenant, pense Cyprien, laissons de côté cette époque encore indécise pour nous projeter à larges enjambées dans la lumière éblouissante qui marque le début de la période prochaine. Tout le monde est parti : Céline, Chavès, les moissonneurs et les vieilles qui glanent; les javelles sont rentrées, le vin ne sera plus tiré. C'est cette solitude d'une qualité incomparable qu'Arthur prendra à tort, au début, pour une espèce de douleur, avant de découvrir qu'elle lui convient, qu'elle préfigure la félicité même, c'est-à-dire le bonheur non plus mitigé, incomplet et variable, mais celui qui mérite d'être préféré à tout, aux tourments quotidiens, au poison de la haine, aux beaux gestes désolants d'une sœur. Le bonheur que comprennent les chenilles et les plantes, toutes les bêtes en général.

Et Cyprien eut un long soupir, car il se trouvait maintenant à pied d'œuvre pour affronter une question troublante : celle qui touchait précisément aux rela-

tions d'Arthur avec les animaux, et à la mort des
bœufs. Par quel retournement mental aberrant un être
aussi épris de la nature, qui n'aurait pas blessé une souris, avait-il pu inonder le gravier de la cour avec le
sang des grands bœufs rouges, auxquels il vouait une
affection exclusive ? Et cela pour se découvrir incapable de survivre sans eux, racheter aussitôt une ou
deux paires de pachydermes, les mêmes, la même race
montagnarde à robe rouge, aux omoplates saillantes
comme des portemanteaux et à cornes de lyre.

Ses préférés... Une fixation. Douceur et force, plus
aimés que les petits lièvres d'un jour. Anéantis. Que
signifiait ce rituel expiatoire ? Cyprien possédait bien
une hypothèse, qui revenait à supposer qu'un tel crime
n'avait eu lieu que pour se laver d'un autre... Les dates
mêmes n'incitaient-elles pas à cette réunification des
délits ? « Au meilleur de l'automne, par un temps doux
et sec... » avait dit Arthur. Il disait aussi avoir sacrifié
les bœufs une semaine environ après le début de la
séquestration de sa sœur, et Janvier quant à lui avait
promis de revenir « d'ici cinq ou six jours ». Cela pouvait très bien aller ensemble : logique comme les cau-
chemars.

Un soir, le cœur battant, le garçon d'Amérique est
rentré au domaine. Ils se sont avancés l'un vers l'autre,
pareils à deux qui ne se reconnaissent plus, à deux
aveugles aux yeux de boue. Une lutte brève, massive.
Les mains agrippent les mains, les pieds lancent des
éclairs. Quelle arme ? On ne saura. De ce point de vue,
un bûcheron est toujours outillé. Après : la dépouille
molle dont il s'assure qu'elle ne se cabre pas une der-

nière fois, tirée par les chevilles, dégringolant sur les
marches pierreuses de la cave. Et le vainqueur revient
ensuite à la lumière en flageolant de soulagement, mais
il regarde le gravier, et réalise soudain l'utilité de faire
le nettoyage. Alors, il élabore en son esprit ce stratagème grandiose : abattre les bœufs sur la place même,
laver jusqu'au souvenir de l'odeur du combat en faisant tomber les six colosses crépus. Les plus aimés.

Est-ce moi qui suis fou ? frémissait Cyprien. Dans la
nuit, le parfum entêtant des jonquilles l'invitait à le
croire ; un rire nerveux plissa ses joues ; il avait froid ; il
en voulait à son intelligence d'avoir si bien entrelacé
les pires suppositions macabres, et regrettait aussi qu'à
la fin il ne soit pas resté la moindre place où mettre un
personnage injustement délaissé, presque trop taciturne : le journalier Chavès. Peut-être était-il encore
possible de tout raconter d'une autre manière... Oui,
pensait-il, renvoyer le trio Fontaubert dans les loin-
taines lisières de leur géographie obscure, ménager en
revanche pour Chavès une position centrale, explica-
tive et lumineuse, lui qui n'avait trahi ni meurtri personne, n'avait fait que passer. Lui qu'Arthur admirait...

Chavès était le guérisseur que l'on invoque quand la
médecine avoue son impuissance. Son seul nom pro-
féré dans la nuit faisait glisser un vent meilleur sur le
front brûlant de Cyprien. Certes, il n'y avait guère
d'espérance qu'on le voie réapparaître un jour, ni qu'il
consente à expédier de ses nouvelles : il lui avait suffi
d'enraciner au coin d'un pré, en guise d'inscription, un

arbuste vivace, élégant, dont les curieuses feuilles en éventail japonais ne ressemblaient à aucune autre et formaient une parure éclatante en automne. Aussi, à défaut de posséder des renseignements nouveaux sur lui, Cyprien s'efforçait de penser que là-bas, dans ce Brésil immense dont la moitié du territoire est recouvert par la forêt la plus impénétrable, le journalier Chavès n'avait pu manquer de découvrir des arbres exceptionnels auxquels dédier son intelligent savoir-faire, plus vigoureux, plus flamboyants, plus centenaires et plus précieux que les simples chênes ou châtaigniers de France.

24

Une dernière chose à faire, pensa-t-il, serait d'aller rendre visite à monsieur le curé. Cela faisait d'ailleurs longtemps qu'il se le promettait : exactement depuis la fois où il avait feuilleté une matinée entière le registre paroissial, avec la femme au visage gras qui l'espionnait, et les rires irréels des enfants de l'école communale.

Quand il revint, rien n'avait changé : le soleil clair de huit heures du matin jouant sur les vitraux, l'odeur de naphtaline, de dentelles et de poireau, et toujours l'écho perlé de quelque voix rieuse traversant les murs du presbytère. La qualité particulière des bruits, dans cette alvéole ultrasensible qu'est la vie de province, agissait sur lui avec le charme d'un grelot au creux d'une vallée. Ce qui n'avait pas empêché bien sûr que les préambules soient empreints de gêne, car il avait fallu trouver le ton et la manière, pour des formules aussi délicates que : « Pardon, mon père, de vous importuner un si bon matin... »

Cyprien s'y était d'ailleurs fort mal pris, en mentionnant d'entrée de jeu et plutôt lourdement la maison des

Fontaubert : à ce nom, monsieur le curé s'était vu obligé d'élever un regard las en direction du vase de giroflées fanées, laissant entendre qu'on ne devait d'aucune façon compter avec lui sur un thème aussi périlleux.

Le bord des yeux de monsieur le curé présentait la typique apparence mouillée et blanchâtre des amateurs impénitents de foie gras. Il pouvait avoir la quarantaine, des joues trop roses, un débit de voix fort mélodieux qui contrastait avec une certaine laideur physique. Cyprien s'était bien vite corrigé, ajoutant qu'il était seulement venu se renseigner à propos de ces gens que la coutume appelle cagots. Il précisa qu'il ne cherchait évidemment pas la définition courante des dictionnaires, cagot, cagoterie, une famille de cagots, entendu comme fausse dévotion, hypocrisie ou bigoterie, voir à ce sujet Molière et quelques autres. Ce n'était pas cela qui l'intéressait, car il soupçonnait que les termes possédaient aussi un sens local, différent de l'usage admis, à la fois plus trouble et plus profond.

– En effet, en effet... » avait opiné le curé en souriant de ses lèvres charnues. Puis il soupira : « C'est un vieux mot. Un très vieux mot, qui se déplace. Quelquefois prononcé d'un ton neutre, avec une indifférence, je dirais, positive, d'autres fois au contraire pointu comme la flèche, rapide comme l'injure... A croire que certaines personnes baignent dedans depuis les origines, l'ont trouvé déposé sur l'oreiller de leur berceau ; et où qu'elles aillent ensuite, la réputation les poursuit... »

Le bon chapelain ne demandait pas mieux que de

situer la conversation à ce degré de généralité, mais les pensées de Cyprien, en l'écoutant, étaient tout autres que diffuses et générales. Il songeait à Guillaume, à ses fils. A Guillaume surtout, qui avait traversé à pied les plaines et les rivières et les saisons, depuis sa lointaine vallée de Bigorre, sans réussir jamais à se défaire de la parole vexatoire.

— Selon les uns, continua le curé, ce peuple enveloppé de crainte et de réprobation descendrait des juifs ou des Syriens, des Arabes, des Visigoths, ou bien encore des Albigeois rescapés de la grande flambée de Montségur... Au bout du compte, on a fait de ces cagots un inventaire tellement varié qu'il s'apparente plutôt au recensement d'une Cour des miracles, où défilent pêle-mêle toutes les hérésies, tous les vices de caractère, toutes les tares physiques ou spirituelles, jusqu'à noyer dans ce magma le souvenir des premiers exclus et le nom précis du mal qu'ils portaient. Car, entre le XIIᵉ et le XIVᵉ siècle, le mot cagot ne posséda jamais qu'une seule signification : en béarnais, il voulait dire lépreux.

Monsieur le curé s'interrompit un court instant pour juger de son effet, puis repartit plus intrépide, et Cyprien n'eut qu'à prêter l'oreille au bruissant torrent d'érudition qui s'échappait de ses lèvres.

— Au commencement était donc la lèpre, encore appelée lèpre rouge, ou lèpre de Job. Visages rongés, plaies à vif, odeur repoussante : la terreur légitime de la contagion était telle chez les êtres sains que ceux-ci n'hésitaient pas à dénoncer leur frère, leur père, dès les premières manifestations suspectes. Aucune mesure d'éloignement ne semblait trop radicale, quelque affection qu'on eût portée auparavant à ce mort en sursis. Un éclatant, un dramatique rituel se mettait en place, dont le but était d'exprimer le regret que la société avait de se séparer d'un de ses membres, mais aussi l'adhésion du lépreux lui-même à cette inflexible loi qui le rayait prématurément de la liste des vivants.

« La cérémonie était celle des enterrements. Le lépreux y assistait en personne, couché dans un cercueil. Il écoutait les chants funèbres dits à son intention. Sa femme était veuve, ses enfants orphelins héritaient sur l'heure.

« Puis le malheureux couvert d'un manteau rouge quittait aussitôt la ville, marchant à grandes enjambées et agitant sans arrêt la fameuse crécelle. La foule s'enfuyait à son approche. Il gagnait une cabane isolée, sa femme seule étant autorisée à le suivre. D'autres lépreux formaient sa compagnie : la cabane devenait lazaret, léproserie. Elles ne furent jamais bien grandes par chez nous, dix malades tout au plus, mais on en compta jusqu'à deux mille dans la France de Saint-Louis.

« Au vu de quels signes était prononcé ce verdict inexorable ? Sur la foi de quelle investigation dont nous ignorons les détails ? On se fiait à l'odeur des urines, à l'aspect que présentaient les plaies, à la coagulation plus ou moins rapide du sang, à sa faculté de dissoudre plus ou moins bien une quantité donnée de sel. Souvent, les examinateurs ont dû embrouiller les indices, désarmés qu'ils étaient et surmontant avec peine leur propre angoisse charnelle : plus d'une fois ils ont confondu la lèpre avec l'eczéma ou la gale. Le lépreux reclus voyait-il disparaître les signes alarmants, sa peau redevenait-elle lisse et belle, il n'en restait pas moins condamné...

« C'est à la fin du XIIIe siècle qu'apparaît malgré tout une certaine distinction dans l'idée qu'on se fait du fléau : et l'on peut dire que dès cette époque, les maladreries, les léproseries, les lazarets ne renferment presque plus un seul " vrai " lépreux. Voici venue la lèpre blanche, comme on l'appelle, ou petite lèpre, ou fausse lèpre, qui possède quelques points de similitude avec l'autre, sans en avoir la gravité. Et, dans son sillage, voici les cagots, les gahets, les gaffets, autrement dit les lépreux blancs, pauvres hères simplement un peu moins malchanceux et moins définitivement proscrits que ceux dont on célébrait les funérailles de leur vivant.

« Ils quitteront l'enceinte de l'hôpital : d'abord comme des chiens peureux, ils iront se rapprochant de biais, pas à pas, séjournant dans des maisons à l'écart, puis dans des quartiers clos sous les murs de la ville, éloignés de la gent commune, exerçant certains métiers, manipulant certaines matières, privés du droit d'en toucher d'autres... Ainsi, les activités du bois deviendront-elles le monopole particulier de ces lépreux blancs qu'on appelle cagots. Et les disciplines qui s'y rattachent sont pour eux l'occasion de démontrer un savoir-faire qui redoute d'autant moins la concurrence que personne d'autre n'ose travailler le bois, de crainte d'être contaminé – au sens moral, s'entend –, c'est-à-dire de passer soi-même pour cagot.

« Vous me direz : pourquoi le bois ? Nous découvrons là un point extrêmement curieux de la croyance commune, et cela débuta à peu près ainsi : les parias, aux jours et aux heures où il leur était permis d'entrer sur les marchés des villes, ne devaient pas toucher les fruits ou les légumes avec leur main, mais ils devaient les signaler au marchand par une baguette qui, au début, était un rameau fraîchement écorcé. Dans les églises, à moins qu'un bénitier spécial ne soit disposé à leur intention, ils devaient attendre sous le porche qu'on vienne leur tendre l'eau bénite au moyen d'un bâton. Et de même pour le pain bénit, qu'il leur était défendu de prendre avec les doigts comme les autres fidèles : on leur apportait à chacun un morceau de pain au bout d'une fourche de bois : parce que le bois, voyez-vous, était réputé mauvais conducteur de la lèpre...

« Quoi de plus innocent qu'un rameau de frêne ou de noisetier qu'on vient d'ouvrir et d'écorcer avec la lame du couteau, humide encore, d'un beige très tendre ou d'un blanc de riz ? Dans le commerce quotidien entre le cagot et l'homme " de race franche ", la coutume, quelquefois même la loi, prescrira l'usage de cette virginale baguette (" fraîchement écorcée ") qui devient ensuite un bâton imprécis, un bout de bois, n'importe lequel, par un élargissement de sens extrêmement profitable aux exclus eux-mêmes.

« Pour une fois, en effet, voici qu'une règle de ségrégation odieuse se retourne au bénéfice de ceux qu'elle prétendait accabler. Les cagots se déversèrent alors dans tous les actes de l'existence commune, ils furent indispensables à chaque instant quotidien, à chaque objet usuel, sans pour autant outrepasser les bornes de leur spécialité, car le bois était en tout et il servait à tout. Les écuelles et les plats, les cuillères et les louches, les tabourets, les bancs et les tréteaux sortaient de leurs mains. Ils restaient tenus à l'écart de la vie des champs, mais la vie des champs les réclamait : c'était à eux que revenait de monter une carriole sur essieux, de chantourner la vis d'un pressoir, de clouer et pointer les tamis, les fléaux, les socs ou les herses, et pour le bétail les bat-flanc et les râteliers, et pour le vin, et pour les noix, et pour les oies, et pour le pain, car les fûts, les pétrins et les gaules étaient en bois, en bois comme tout le reste.

« Ils inventèrent les premiers lits. Puis les armoires, qui n'étaient guère que des coffrages identiques posés à la verticale des murs. Puis, de boîte en boîte et de cage en cage, les berceaux, les cercueils... La différence tenait seulement dans le couvercle, et l'artisan cagot, scrupuleux et patient, ne ressentait pas d'autre ébranlement dans sa poitrine que les coups sourds de son marteau, lorsque la vie ou la mort à tour de rôle lui réclamaient ses services.

« Ce n'était pas tout. Ils avaient fait monter au ciel la cime des clochers et les nefs des granges, ils apprirent également à construire les moulins au système délicat, aux pales tournoyantes, assemblés pièce par pièce sur le bord des cours d'eau. Et on les retrouvait encore, taciturnes, ingénieux, sur les chantiers navals de Bayonne ou d'Arcachon, dans l'odeur de lessive bouillie et de soupe aux haricots, où ils n'avaient pas leur pareil pour profiler, polir et nervurer des carènes de trois-mâts qui iraient s'embarquer aux embruns.

« Par une incitation qui les poussait à dominer de plus en plus tous les segments de leur métier, ils étaient devenus acrobates, voltigeurs, résolument ignorants de ce que nous appelons, nous, le vertige, habiles à se suspendre dans des altitudes saisissantes aussi bien qu'entraînés à plonger, muscles durs, poumons bloqués, dans les eaux froides de l'estuaire de la Gironde ou dans les tumultueux torrents pyrénéens. A cet égard, il n'y a rien qui ne donne une idée plus juste de la maestria des ouvriers d'antan, et rien n'était sans doute plus spectaculaire à contempler depuis la rive que l'édification des ponts, des écluses ou des barrages...

« Jusqu'au xviiie siècle, les ponts sont faits de bois eux aussi. Quant aux rivières... dépliez une carte, et vous les verrez, ces bleues annelidées qui descendent en chevelure serrée des neiges d'Aspin ou du Vignemale, qui brillent et se tortillent aussi nombreuses que des lombrics dans une motte de terre grasse... Elles sont glacées, soubresautantes, portent des noms curieux : Luy de France, Luy de Béarn, Gave de Pau, Adour, Gimone, Nive, Gers... Et leur débit sans frein ni retenue peut tripler en une heure. Jeter la bride au cou de ces bêtes élastiques réclamait à la fois du calcul arithmétique et de la bravoure au corps. Impossible de concevoir cela sans supposer à l'origine des qualités d'intelligence particulières, ni sans courage physique : et nul doute qu'il y avait foule au bord des gaves, lorsque les charpentiers cagots accomplissaient leurs

exploits natatoires, plongeant et replongeant pour surveiller l'équilibre d'une arche, la dépose d'une pile ou
l'enfoncement des pieux, dans le lit effrayant des
remous.

« Ces numéros d'adresse, et les services qu'ils ren-
daient à la communauté, auraient dû tout au moins for-
cer l'estime, à défaut d'engendrer la sympathie : mais
il n'en fut rien, justement. Les mêmes qui ne
rechignaient pas au spectacle accouraient aussi les premiers pour piétiner de leur mépris ceux qui étaient
tenus encore comme les survivants du mal. Leur réputation s'était défaite à la longue du soupçon de lèpre ;
elle demeurait entachée d'un triste halo d'idiotie,
d'hébétude, de soi-disant arriération mentale. Et si les
ouvrages d'art qu'ils avaient élevés dans le ciel, sur la
terre et sur l'eau, si les clochers et les moulins, si les
navires et les maisons plaidaient objectivement pour
leurs capacités d'esprit, la rumeur croyait pouvoir
rétorquer que ces talents étaient issus d'une autre
sphère, sans commune mesure avec le génie humain,
d'où provenait aussi, à titre d'exemple, l'esprit des
boucs, des couleuvres ou des renards : autrement dit,
on laissait entendre que ces hommes possédaient leurs
dons d'un marché conclu au sabbat.

« Les cagots s'en allaient leur chemin, sans demander rien qu'un salaire équitable et un morceau de lard.
Vous ai-je dit que, jusqu'à la Révolution, la loi leur
prescrivait de porter pour emblème sur la poitrine un
pan de drap rouge, cousu et découpé en forme de patte
d'oie ? Et, tandis que leur petite troupe taciturne disparaissait au bout de la route poudreuse, à travers le

bocage de Guyenne, les gens du cru posaient un regard en biais sur le pont flambant neuf, solide, miraculeux, équilibré, que les parias avaient fini de construire, mais qu'on s'empressait de rebaptiser à peine avaient-ils tourné le dos. C'est pourquoi vous trouverez chez nous tellement de ponts du Diable...

Monsieur le curé avait terminé sa harangue comme un homme à bout de souffle, mais dans ses pupilles se lisait une sorte de courage, une étincelle joyeuse qui tardait à s'éteindre. Cyprien quant à lui regardait ailleurs, comme s'il voyait dans un songe éveillé des colonies de silhouettes frêles et indomptables pendues au vent des clochers, décrochant les nuages, et qui ne savaient pas ce qu'est la peur de tomber.

Lorsqu'ils se furent serré la main une dernière fois sur le talus planté de buis odorant qui entourait la cour du presbytère, il eut pourtant une ombre d'hésitation et, se tournant vers son informateur, lui demanda à la fin dans quels livres il avait puisé une science si considérable, portant sur un sujet on ne peut plus particulier. Le curé ne fit rien que sourire d'abord, puis murmura :

— Ne vous l'a-t-on pas dit? C'est que j'en suis, bien sûr... cagot moi-même...

Non, on ne lui avait rien dit de semblable. Et Cyprien partit songeur, s'excusant presque.

25

Aux portes de la dernière décennie du siècle, c'est-à-dire vers l'année 1992, on se souvient qu'un trait de plume avait anéanti les vieilles frontières internes de l'Europe occidentale, ce qui avait eu pour résultat de rendre plus cousines que jamais douze nations, une dizaine de langues, et trois centaines et demie de millions d'individus, la plupart mieux portants et mieux vêtus que la moyenne planétaire.

Une remarque, alors, s'imposa : que la nouvelle entité ainsi formée comprenait exactement 69 922 communes, petites ou grandes ; et, que sur le total de ce chiffre, un peu plus de la moitié (soit 36 527) correspondait au nombre des seules communes françaises. Autrement dit, il existait encore, dans ce pays de France déjà réputé pour les anomalies de son orthographe, une incroyable galaxie d'enclaves villageoises, des hameaux de vingt feux, avec un préau d'école où ne riaient plus que des ombres, un clocher qui ne tintait plus pour aucun baptême ni aucune noce, toutes choses que l'Anglais, le Hollandais ou l'Allemand ne pouvaient concevoir sans sourire.

Et il y avait aussi, entre ces villages perdus, d'infinies étendues montueuses ou forestières que n'éveillait le bruit d'aucune industrie, sillonnées de rivières où se miraient les truites, sous une lumière certes mitigée, jamais brutale comme le soleil de Calabre ou de Castille, mais assez vigoureuse cependant pour inspirer des rougeurs au tissu cutané de l'Anglais, du Hollandais et de l'Allemand.

Comme ces observations ne leur avaient pas échappé, les citoyens du Nord firent leurs comptes : ils calculèrent qu'il leur suffisait tout juste de vendre dix hectares dans le Yorkshire ou le Schleswig-Holstein pour en acheter soixante au même prix dans ces régions où la pierre est dorée. Aussi, les propositions les plus flatteuses étaient-elles tendues sous le menton des gens du Lot, dont le sens moral à la vue de ces décimales s'évanouissait aussi sûrement que sous l'effet de trois Guinness brunes. Moyennant quoi le pays put se refaire une jeunesse, et les inutiles pigeonniers montés sur leurs échasses au-dessus de l'ondulation des seigles n'avaient jamais été aussi pimpants, pointus, énigmatiques et donquichottesques, qu'en ces fameuses premières années de l'Europe unie – soit un siècle environ après que le dernier laboureur anonyme eut cessé de répandre au sol les excréments des pigeons, cet engrais si précieux qu'il était pris en compte dans les héritages au même titre que la vigne ou les agneaux de lait.

Les pigeons, quant à eux, n'étaient plus. On leur avait offert jadis la vie de château par goût de leur chair et par intérêt pour leurs fientes, mais à présent leur silence seul voltigeait aux abords de ces tourelles de fantaisie, entremêlé à des conciliabules anglo-saxons.

Des propositions flatteuses, Cyprien Donge en avait essuyé plus d'une lui aussi, depuis le temps. Et, quelle que fût la politesse ou l'aménité des longs palabres sous le marronnier, cela s'était toujours conclu par un bonsoir sec qui ne laissait pas la plus petite espérance aux envahisseurs hanséatiques, fils de drapiers ou de ciseleurs d'Anvers et Rotterdam. Quand il les avait remerciés, Cyprien se psalmodiait à lui-même : plutôt mourir que vendre le domaine.

Il le disait et s'y tenait. Mais ces luthériens avaient la tête aussi carrée que la sienne, et, voyant comme il était vain de briguer la maison, ils convoitaient celle d'en face, moins prestigieuse et délaissée (son dernier occupant, le célibataire nommé Arthur, avait péri d'une sorte de mélancolie quelques saisons auparavant), puis, obligés de convenir que ce morceau offrait encore trop de résistances, les plus opiniâtres d'entre eux proposaient un bail en usufruit pour l'abattage du bois, dont la valeur était indiscutable.

C'est ainsi que Cyprien vit resurgir non sans dépit un Hollandais qu'il avait déjà éconduit quatorze fois, et dont le bras robuste se prolongeait d'une tronçonneuse. Ils discutèrent un tout petit quart d'heure, après quoi rien ne fut décidé, et les dents de la scie du Hollandais ne purent se permettre la moindre égratignure aux arbres.

Inutile résistance : une semaine plus tard, le Batave

entêté revenait à la charge, pour sa seizième tentative, mais cette fois-ci affectant l'air entièrement serein de quelqu'un qui sait ses arrières assurés. Il venait d'acquérir la maison du défunt père Marielle. Il n'avait plus aucune exigence, et réclamait seulement le plaisir ou l'avantage d'offrir à Cyprien, gratis, une démonstration des surpuissantes merveilles de sa machine. Cyprien regarda une minute la tronçonneuse, puis l'homme – ses lunettes carrées, un bras ganté de caoutchouc jusqu'au coude, le pelage roux sous le maillot de corps – et, masochiste peut-être, ou animé d'une subite inspiration qui rejoignait la lassitude, il donna son accord à condition que la machine voulût bien se limiter au débroussaillage des ronces.

Les séances se répétèrent par la suite, ce n'était pas le nettoyage à faire qui manquait, et comme l'efficace personnage ne demandait toujours rien en échange, Cyprien commençait à penser que l'abolition des frontières n'était point une mauvaise chose.

D'autant que la conversation de celui-ci s'émaillait de charmes à la mesure de son physique rectangulaire et de son poil roux. Certes, les deux tiers du récit de ses bourlingues au bout du globe étaient engloutis dans le vacarme de la tronçonneuse, mais avec un peu de patience, et si possible une bonne oreille, on apprenait comment, en Afrique australe, il s'était réveillé un matin devant une invasion de fourmis rouges qui avançaient vers lui sur un front de plusieurs kilomètres ; comment il avait saigné le latex des hévéas en Malaisie, nivelé et défriché des pans entiers de mangrove subtropicale, toujours escorté dans ses missions par la

Black et Decker, derrière laquelle les jarrets coupés des arbres ressemblaient à la diaspora romaine sur le passage des guerriers scythes.

Et c'est le plus négligemment du monde que ses conquêtes brésiliennes eurent leur place au moment voulu ; et avec le Brésil, les serpents ; et Chavès. Il avait prononcé le nom de Chavès ; il l'avait dit, comme le reste, dans son mauvais français de contrebande, tout en continuant de faire gronder la machine infernale.

Alors, Cyprien Donge comprit l'espace d'un frisson que le Hollandais baroudeur et désintéressé était venu travailler sous les chênes du Lot dans le seul but de réfracter une lointaine, dernière clarté oblique à propos d'une histoire que lui, Cyprien, avait fini par oublier, et pour donner une chance au nom du journalier Chavès de se glisser encore une fois dans les propos d'un soir.

– Vous le connaissez donc ?
– C'est lui qui m'envoie.

Oui, raconta le Hollandais, ils faisaient mieux que se connaître, puisqu'ils avaient même fondé ensemble une société pour exploiter le caoutchouc sur l'île d'Araujo, la plus verte des îles au sud de Rio. Et quand à la longue, lassé de cette vie itinérante, mais ne sachant où se poser, il avait manifesté le désir de rentrer en Europe, Chavès lui avait indiqué ce repli de terre ignoré comme étant un des plus doux endroits de France. Il lui avait décrit chaque pierre et chaque écorce avec une si fervente tristesse que l'intensité de ces paroles avait suffi à persuader le Hollandais de s'établir ici.

Quant à Chavès lui-même, c'était différent : jeune vieillard inusable, il avait épousé une mulâtresse et ne songeait pas à quitter un jour l'île d'Araujo, même si la Providence y avait semé par mégarde les trois variétés de serpents les plus venimeux du monde, sans compter l'araignée-crabe qui, quoique lente et mollassonne, peut tuer un chien ou un enfant de vingt kilos.

Cyprien Donge demanda quelles étaient les trois variétés de serpents les plus venimeux du monde, et le Hollandais répondit que c'étaient, dans l'ordre, le *jararaca*, le *jaracuçu*, et le *coral* qui est annelé rouge, jaune et noir.

Cyprien Donge demanda ce qu'il convenait de faire en présence d'un *coral*, d'un *jararaca* ou d'un *jaracuçu*. Le Hollandais répondit qu'il fallait d'abord demeurer mortellement immobile, en préservant une distance égale à la longueur du reptile. Après cela, on devait attendre environ dix minutes, qui était le temps nécessaire à celui-ci pour abandonner sa méfiance, et de dressé en spirale qu'il était, retomber à plat sur le sol. Ensuite, éventuellement, il était permis de lui assener un coup de bâton sur la tête pendant qu'il s'enfuyait.

Cyprien Donge posa encore d'autres questions, et ils passèrent cette soirée à discuter de la façon de maîtriser les serpents.

Septembre 1987 – mars 1989

L'auteur adresse ses remerciements particuliers à MM. Osmin Ricau pour *Histoire des cagots, race maudite* (chez l'auteur, 116, cours du Médoc, Bordeaux) et Pierre-François Michel pour *Ginkgo biloba, l'arbre qui a vaincu le temps* (Éditions du Félin).

Table

IMPRIMERIE BRODARD ET TAUPIN À LA FLÈCHE
DÉPÔT LÉGAL MAI 1991. N° 13201 (6990D-5)

Collection Points

SÉRIE ROMAN